PARTILHA DE SOMBRA

romance

Walmir Ayala

PARTILHA DE SOMBRA

romance

Prêmio Erico Verissimo

Editora Leitura

Partilha de Sombra

Editor
Nissim Yehezkel

Supervisão editorial
Raquel Teles Yehezkel

Revisão
Luciara Assis

Projeto gráfico
Vanderlucio Vieira

Capa
Alan Maia

Dados Internacionais de Catalogação na Publicação (CIP)
Câmara Brasileira do Livro, SP, Brasil

Ayala, Walmir, 1933-1991
Partilha de Sombra : romance / Walmir Ayala.
— Belo Horizonte : Editora Leitura, 2009.

1. Romance brasileiro I. Título.

09-03018 CDD-869.93

Índices para catálogo sistemático:
1. Romances : Literatura brasileira 869.93

ISBN 978-85-7358-680-0

Impresso no Brasil
Belo Horizonte – 2ª edição - maio / 2009

Rua Pedra Bonita, 870 Barroca
Cep 30430-390 • Belo Horizonte • MG • Brasil
Telefax: (31) 3379-0620
www.editoraleitura.com.br • leitura@editoraleitura.com.br

1

As árvores envelheciam num manso abandono. Olhou como na sombra as árvores se integravam a uma leve poeira de que se nutriam as folhas, esta absurda compleição das coisas acabadas. Olhou com uma inveja animal aquela ausência de medo, aquela quase escultura se completando através da porta que dava para o jardim. Há pouco distinguira as variedades de folhagem. Agora nem mais. Apenas uma estrutura de folhas ligadas pela noite, somadas pelo tempo - escuro seio fechado e invulnerável - e chegou mesmo a andar até a fímbria daquele mundo que se compunha ao pé da sua desagregação.

Apagou a luz da sala e penetrou lá fora. Melhor o escuro somando-se, a treva como uma lagarta se enovelando. Sentiu no rosto o verão parado. Ele se movia como um peixe, tudo o mais estava perfeito. Ele se movia entre os corpos vegetais, como no fundo de um aquário, e nada se perturbava ante seu olhar de metal polido. Metal temperado pelo fogo, pelo ácido remorso que o distanciava agora das folhas concentradas para a noite, indiferentes ao seu destino. Ele, em verdade, lutava contra aquela fatalidade. Entreviu o desenho da gaiola vazia e nela uma réstia de claridade. Claridade da lua? Desvendava aquele pequeno espaço desocupado e ameaçado. Quis um ruído, foi quando uma folha seca tombou do fícus e pousou sobre seu pé, de tal forma que ele teve medo de tirar o pé e ver aquilo tudo desabar, despenhando-o do sonho das coisas visíveis. Assim mesmo, retirou o pé e nada aconteceu.

O jardim tinha um limite. Observou tudo e não conseguiu ser mais que um estrangeiro. Buscava uma linguagem com que se integrar e só dispunha de silêncio. Os olhos eram lâminas, o coração desatinava-se. Quis pronunciar um nome e viu que já era tarde.

Raimundo não se fatigava desse estranho reconhecimento da noite e aproveitava essas noites de solidão, quando o pintor se ausentava. Então sentia um prazer em andar pelo jardim, vendo a casa de longe como um bicho inexplorado. Aspirava o sortilégio daquele silêncio em que as flores tremulavam, se completavam, breves, flores comuns agrupadas nas trepadeiras e em vasos baixos. De vez em quando o roxo instante das violetas, ou o corpo indiscernível de uma lagarta, movendo-se como um fruto da terra – em tudo ele se perdia. Sua pobreza era uma ponte para a natureza, para o gozo daquele universo dissimulado na escuridão, o que lhe dava ensejo a melhor se consumir nesta abdicação de tudo o que não fosse gratuito e fugaz.

Assim: as coisas não se importavam em viver mais do que ele, nem a conhecer outro dia como um território de disputa. Nem as folhas, nem os insetos ou a poeira inspiravam inveja daquele tempo em que ele sobrevivia. As coisas eram. As flores mal roçavam sua febre – tudo o mais roubava o inacabado da esperança, menos o jardim. Ele não ousava tocar em nada, não despertaria aqueles organismos voltados para a vida, e apaziguados. Ah, se eles vissem a morte que ele via! Como ele via...

Estremeceu, ouvindo aquela voz:

– O que é que você está vendo?

A princípio não respondeu. Olhou Inês, ainda oculto na pedra de seu passeio, com um medo terrível de aflorar. Mas ali Inês se enquadrava – ela não era silenciosa como os homens que ele conhecia. Entre seres humanos, para ele, a arte de falar era como o silêncio daquelas folhas mergulhadas na sombra. Os homens de que se rodeara não falavam, e isto era um roer doloroso que o humilhava, porque era pobre. Tão pobre das coisas do mundo como as folhas e as pedras, nuas e inocentes. Por isto a voz de Inês não quebrava a magia. Desta magia se alimentava para superar o desastre.

Olhou Inês. Ela sabia o que ele estava vendo, com aquela força aguda que perfura a aparência, ou que se integra a ela. Inês era assim. Ele apenas indagou, não como resposta, mas como senha:

– Ninguém chegou ainda?

Ninguém era o pintor, o único que realmente manipulava a casa e cuja ausência facilitava o ver. Com o pintor não falava nunca e, como dependia dele para viver ali, era como a relação de Deus com um mortal sem fé. Não tinha fé no pintor, esperava mesmo o momento de ser expulso por ele. Por enquanto fruía aquela paz postiça. Não tinha mais ambições e não acreditava no futuro, mesmo a morte não lhe prometia nenhuma pompa de mistério. Conseguia vibrar nestes passeios solitários que raramente avançavam do restrito jardim. Andaram, ele e Inês. Adiante ele quebrou o silêncio. Só com ela podia quebrar o silêncio e aprofundar:

– Como é que tu és virgem?

Os cabelos leves e brancos da mulher moviam-se à brisa com um consentimento de seres iguais. Ela quebrou uma folha entre os dedos:

– Eu tenho quase setenta anos.

– Agora. E antes?

Inês agora podia definir-se assim. Mas antes? Contudo Inês era como se não tivesse passado, aquela espécie de passado que esclarece os indícios da inclinação humana. Com Inês não era assim: lembrava uma infância tão remota, quando ainda não dispunha de mortos e desfrutava a inocente alegria de quem não conhece o medo. Agora ela integrava os mortos a uma espécie de sonambulismo com que melhor se aureolava. Por isso também ela pertencia à natureza perfeita do jardim, àqueles passeios de Raimundo, quando em silêncio ouviam as coisas e viam as coisas com absoluta liberdade, para depois falarem. E não que ela fosse tão pobre quanto ele:

– O que eu estou vendo? (ele respondia à indagação quase esquecida) – Eu estou esperando (os olhos dele se apertavam fuzilando) – Há de passar um tempo, você não percebe. Mas a marca fica na folha. Vê? O amarelo, estas manchas, e mesmo a poeira.

Ele passava a mão pelas folhas, com cautela. Era preciso não despertá-las para este conhecimento doloroso da espera, quando tudo precisa simplesmente existir. Ela então passava os dedos finos e muito brancos pelas mesmas folhas, com um tremor vacilante. Andavam mais, a luz do luar desenhava sobre as folhas e ela desfazia com o pé aqueles efeitos mortos. Ele não tirava os olhos da folhagem:

– Como pode haver tantos verdes! Uma vez, eu morava perto do mar, me perguntaram o que eu mais queria na vida. Eu disse que queria uma rede. Eu queria ser pescador, nada mais. Aquela pergunta ficou no meu ouvido e mais tarde eu disse para mim mesmo que o que eu mais queria na vida era a liberdade.

– E hoje?

– Hoje eu tenho tão pouco que quero qualquer coisa.

– O que é que você espera fazer?

Raimundo sacudiu os ombros. Era como se dissesse "não sei". E olhava curiosamente os olhos de Inês como não entendendo aquela pergunta. Porque havia momentos em que ela tentava ser eterna. Ela era como as crianças que pensam no futuro, como metamorfose, como escape de um perigo para outro perigo. Na noção do perigo é que ela era profunda. Ele sacudia os ombros e ria retraído:

– Eu não sei o que quero fazer, agora.

– Você tem medo de meu primo?

Ela perguntava com prazer. Ele arregalava os olhos. Não tinha pensado nisto ou se esquecera, porque o outro, o dono da casa, de tal forma o ignorava como albergado, que isto já era uma total liberdade. Ela misteriosamente passeava agora, lado a lado com ele.

– Não sei que espécie de sofrimento me espera. Houve um tempo, eu era muito menina, então sonhava que um dia encontraria um anão. Do tamanho da palma da minha mão. Eu imaginava que ele viesse a me amar e eu construiria um mundo para ele. Casa, lago, campo, rebanho, tudo. Eu seria como Deus, entende? Depois eu construí casinhas de madeira para os besouros. Eu as construía com paredes e ficava imaginando onde estariam, em que torre, em que dependência. De qualquer forma eu sempre falhava como Deus. Não via através das paredes.

Raimundo ouvia aqueles relatos. Mantinha em suspenso certas fábulas, como aquela do anão e dos besouros. Saltava para outro assunto:

– Por onde você andou hoje?

– Hoje? Andei por aí. Você conhece Zaida?

– Rufino falou nela um dia desses. Queria que seu primo lhe pintasse o retrato.

– Ele só pinta paisagem e natureza morta.

– Foi o que seu primo respondeu. Mas Rufino lhe deu um escaravelho tão lindo! Era assim: uma carapaça negra com laivos de azul. As patinhas mortas e eretas arranhavam como certas carícias. Então seu primo prometeu pensar no assunto.

Raimundo sabia que o pintor não faria mais nada que esquecer a promessa. Assim continuaria seu ritual: pintar, pintar. Raimundo, um dia, perguntara a Inês:

– Ele vive disso?

Ela respondeu torcendo uma ponta da bainha do vestido, o que nela queria dizer profundo desinteresse pela resposta:

– Vive de rendas. Casas alugadas.

O pintor jamais vendera um quadro, porque amava, na verdade, os insetos mortos. Rufino queria o retrato de Zaida, mas o pintor esqueceria a promessa apenas esboçada.

Naquele momento, acendeu uma luz na casa. Entreolharam-se, parados, como duas estátuas. Inês sussurrou, como advertência:

– Ele chegou.

– Vou para a minha cadeira.

– Eu vou na frente.

Inês se protegia da cumplicidade. Mesmo ela falava raramente com o primo, que vivia entre as telas e os insetos mortos e que saía para passeios misteriosos e cada dia mais raros. Raimundo ficou um pouco para trás, só, entre os galhos pendentes de um pé de madressilvas. Olhou a casa iluminada e pensou na cadeira, único refúgio de sua pobreza. Para usá-la não precisava explicar, nem pedir, nem justificar. Na posse desta cadeira onde morava, dentro daquela casa, sentia-se vivo. E a generosidade do pintor ressaltava disso: a liberdade que concedia a seu hóspede de ocupar a cadeira com uma sensação de domínio. Como se instalado ali nem existisse, ou fosse como um cavalo solto num campo de ninguém. No entanto, até para mudar de posição era difícil. Seu mundo era pequeno. Assim sabendo, dirigiu-se para a casa iluminada.

2

Pungia. Ver o silêncio com que o pintor mirava ainda e sempre o desenho indeciso de abóboras e peixes na tela. Antes de entrar, ele esperou para ver o que já sabia: o pintor, seu silêncio, a pincelada demorada, sobretudo naquela região das escamas de peixe morto, como querendo descobrir o brilho da matéria tão dissimulada naquele acúmulo inexpressivo de tinta.

Antes de ocupar sua cadeira no corredor, ele espreitou o pintor e seu rosto parado. Inês pusera na vitrola um concerto de Schumann. Mas quando o concerto deslizava, então o pintor se exercitava num maior nervosismo. Ele imaginava Inês encolhida em sua cama, memorizada em torno da música que a ela se identificava - sessenta e oito anos, e virgem - e era fácil entender tudo, e que aquilo fosse acima de tudo amor, como uma sina.

A música pousava nas coisas. O apaixonado rumor do piano, logo desencadeado num frêmito de apelo, lançava sobre a paleta do pintor uma longínqua poeira de realidade. E ele parecia exausto, especialmente quando a orquestra erguia o piano a um enlevo que logo se purificava. Ele ficava tempo olhando aquilo tudo, ainda de dentro da sombra. Até que Rufino chegava, corcunda, manso, silencioso. Naquela noite depositou sobre a mesa um escaravelho azul e sentou-se na banqueta forrada de brocado roxo, como de hábito. Ficou olhando silencioso o quadro inacabado, com ardor de religião. Mas a música se abria numa flor estranha e o piano ainda se definia numa frase pungente, sublinhado pela orquestra. Era quando Rufino perguntava ao pintor: “Gostou?”. O outro apenas apanhava o escaravelho, rodava entre os dedos e depositava numa vitrina ostensiva, ao lado até de baratas descomunais. Então Rufino suspirava de gozo.

Continuava o ritual da pintura. O concerto inebriava lentamente todas as coisas. Rufino mordia os lábios calculadamente. O pintor acalmava-se e detinha-se numa estria do amarelo da abóbora, com paciência extrema. Era quando ele ousava entrar. Atravessava a sala sem cumprimentar, como quem não é visto. No corredor, pressentindo seus passos, Inês o esperava. E cochichava: “Eles se amam”. Ria furtivamente, os olhos brilhando no escuro apenas molhado do luar. De onde se instalava, da cadeira que era o seu único mundo, ele podia ver Inês até o fim da música. Ela se destilava no enleio amoroso dos instrumentos. A cabeleira branca e fluida se perdia na sombra, fiel àquela paixão com que se inebriava.

Raimundo esquecia Rufino e o pintor para pensar em Inês. Lembrava-se de antigos diálogos. O dia, por exemplo, em que lhe perguntara:

- Inês, você esqueceu os nomes?

Era quando ela estremecia mais frágil.

- Não sinto falta.

- Mas você amou, um dia.

- Agora eu estaria presa.

- E o que é não estar presa?

Então ela disfarçava, afastando a mecha do cabelo branco da testa e ele reparava o que ela ostentava de jovem e eterno, possivelmente traído por aquela renúncia. Por outro lado, não imaginava Inês como esposa, objeto físico e doméstico (era quando a música vinha numa onda, o piano em crista, espraiando-se). Então ela virava a cabeça, resoluta, e ele via a virgindade. E o que era? Uma luz mansa e rara, o que a idade não conseguia vencer. Uma aderência exata compondo as maçãs do rosto. Sobretudo um jeito de suspirar com a música, numa identidade de coisas poupadas e iguais.

Ele via Inês até que a música cessava. Longe, o ruído da caixa de tintas se fechando. A porta da rua sendo mansamente encostada: Rufino e o pintor saíam juntos. A luz apagada, Inês sumia no escuro. Era o momento pelo qual Raimundo ansiava. Debaixo da almofada da cadeira que era tudo de seu, naquela casa onde residia por favor, como um indigente, ele retirava uma pasta sovada, manchada de gordura, papelão encardido, com retratos e cartas. Tudo escuro e silencioso, até sem música. Ele ajeitava aquele repositório de couro contra o peito. Os olhos se umedeciam como quem encontra os seres amados depois de uma longa ausência. No entanto, era apenas o espaço de cada dia que o separava daquela intimidade secreta.

3

Inês rezava. Lembrava a figura da mãe, morta num silêncio lento, numa paralisia mansa, os olhos acinzentando-se num desprendimento paulatino. O primo pintor as recebera ali, nos últimos meses de vida da velha tia. Ela trouxe, além da mãe agonizante de uma arteriosclerose violenta, aquela música com que enchera o silêncio e o medo dos dias aprisionados naquela solidão.

Quem diria? Santa Teresa – o bairro era como uma gaiola onde se debatia. Quando lhe propuseram viver em Santa Teresa, lugar ideal de repouso para sua mãe, pensou: "Ela vai morrer. O repouso é isto".

Mas não ousou dizer, não. Tinha aquele hábito de não contradizer o inevitável. Morresse aqui ou ali. Santa Teresa tinha, pelo menos, já a atmosfera de túmulo, um túmulo aberto num lugar abandonado, onde florescessem azáleas. Por isso, cada vez que via um daqueles escaravelhos de Rufino, pensava em sua mãe. Fazia um esforço para entender que ela estava morta. Acariciava o escaravelho seco. Sua mãe morrera pequenina como uma criança. Quem lhe dera poder chorar.

Agora rezava. Sabia que Raimundo, naquele momento, apertava contra o peito, no escuro, a pasta com retratos e cartas. Pensava: "É seu modo de rezar". Distraía-se na oração: "Salve Rainha, mãe de misericórdia, vida, doçura e esperança nossa, Salve!". Jamais trataria assim sua mãe, com este orgulho. As palavras da Salve Rainha, sua oração predileta, soavam-lhe aos ouvidos como certos discursos. Com sua mãe, era como acariciar o cristal verde do escaravelho seco. A oração se interrompia e sentia em seus dedos aquela matéria pulcra. Escorregava para debaixo das cobertas e chorava.

4

Raimundo gemia: "Eles me expulsaram como louco. Eu não estou louco. Eu tenho saudade". No escuro, sem abrir a pasta, acariciava o retrato da filha e da mulher. Naquele tempo Raimundo ficava em casa, tratando de seus negócios de representação. Elas tinham uma paixão principal e comum: a música. Por isso ele agora ficava comovido com Inês. Elas, mãe e filha, assistiam juntas a uns concertos no bairro, organizados por uma sociedade particular. Saíam leves e voltavam com um certo ar compenetrado, como quem acaba de comungar. Andavam com cuidado. Chegavam e se instalavam na sala de música – as flautas, os oboés, os violinos iam sendo soltos como pássaros presos por um fio, pássaros que elas comandavam e armavam num voo de perfeição. Então Raimundo ia esquentar água para um chá.

Chegava depois, timidamente, mas feliz. Sentava junto de Dulce que, apenas com o pousar da mão em seu joelho, fazia entender que esperava que ele chegasse. Tomavam o chá ainda em silêncio, enquanto a música prosseguia. Era isso, era isso o que amava em Inês. Era a mesma forma religiosa de receber o espírito da música, como a recepção da graça.

Tomavam chá lentamente. Lélia recostava a cabeça no sofá, como se estivesse adormecida. Dulce quebrava o silêncio:

– Já jantaste?

– Comi uns ovos com presunto.

– Maurício telefonou.

Lélia não se moveu. O nome do noivo não conseguiu arrancá-la daquela paz. Não sabia como se encaminhava para um casamento. Perder a unidade com a mãe. Pertencer a um homem, ter filhos, morar noutro lugar, alijar-se daquela liturgia.

Dulce olhava seu rosto para perceber o que a filha pensava. Por sua vez os pensamentos lhe vinham atropelando-se: vai casar, pertencer a um homem, deixará de ser minha filha, perderemos a paz deste concerto. Como é que Raimundo não se apavora com esta ideia?

Logo caía em si: não posso pensar assim. Ela ama Maurício, tem que casar, depois a gente continua, na medida do possível.

5

Rufino andava com o pintor pelas ruas tortuosas. Andavam em silêncio. Rufino apenas pigarreava nervosamente: tudo advinha de sua estatura anormal - primeiro a solidão que ele fruía como quem morde a parte necessária de pão para sobreviver. Tudo era como se sua carne fosse verde ou seus olhos dois buracos vazios. Sabia que era diferente das pessoas, das demais. Ia ficando naturalmente à parte. Por isso ficava com os besouros, com os besouros e o pintor. O pintor estava por demais mergulhado em seu mundo imaginário, para ver a realidade de sua figura grotesca. Deixava os besouros morrerem cada dia, em caixinhas herméticas. Depois deixava que secassem e se admirava de que não cheirassem mal. Devem ter um mínimo de carne, ou carne nenhuma. Só armações finíssimas de arame pulsante. O que seria neles a vida acabada? Os besouros não eram como os gatos e os cachorros mortos, relegados às latas de lixo. Iam adquirindo um brilho azul-vermelho de petróleo sobre a água. Pensava nas imagens egípcias dos túmulos imperiais, que vira em volumosos livros no ateliê do pintor. Sabia que o pintor amava seus besouros, por isso ousara lhe pedir que pintasse o retrato de Zaida.

A princípio, entrava na casa do pintor para entregar compras, e era o único lugar onde não o encaravam como coisa irremediavelmente estranha. Chegou a pensar "eles devem ser da minha família humana". Os outros, não. Também não pesavam sobre ele com pedidos, perguntas, provas de fé. Era como se todos ali comungassem de uma irremediável ausência, como mortos que se locomovessem em seu mundo, isolados naquela espécie de campo-santo que era o bairro de Santa Teresa. Especialmente naquele lugar. Defronte à casa havia um muro alto que contornava o morro. Naquele ponto da curva apenas a casa do pintor, pregada na escarpa, como estas conchas milenares que os mares ostentam incrustadas em suas pedras. Havia mesmo um limo sobre o qual as trepadeiras oscilavam, suspensas sobre o abismo que se pontilhava à noite de um estilhaçamento de luzes. Era quando Rufino gostava de parar. Então se esquecia também de tudo o que era o seu dia de suor, vencendo a altura do balcão e agitando-se como um equilibrista de circo para conferir os pesos na balança. Só tinha alegria quando ia entregar compras em casa de Zaida.

Agora andava com o pintor em direção ao botequim, e não falavam. O pintor chupava o cachimbo, mordendo com certa ira aquele instrumento de silêncio, os olhos fuzilando e fixos no caminho à frente. Rufino se distraía, as mãos no bolso, empoeirando os sapatos na calçada agreste. Um grande descampado abria de repente a visão, a mesma visão que costumava ter da casa do pintor quando se levantava para sair, ou quando chegava. Mas ver o mundo do alto, na rua, era diferente. Na casa, a visão era como uma concessão, o último desejo de um condenado. Na rua era banal, uma paisagem tão compreensível quanto a esquina inesperada de onde surgia o bonde trepidante, que parecia ir entrar porta a dentro da venda em que trabalhava. A venda de uma só porta onde se debatia entre sacos de batatas e montanhas de latas de azeite. Rufino pensava, pensava em Zaida, pensava em seus besouros. Encontrara um besouro de chifres, uma ordem de três, e com o dorso salpicado de um amarelo tão cintilante que o pintor estremeceria. Guardava seu trunfo, era com ele que conseguiria o retrato de Zaida.

Assim andando, chegavam ao botequim. As pessoas debruçadas ao balcão, ruidosas, disputando porrinha ou desfiando em palavrões grosseiros o cenário de seu cotidiano restrito. Mas se apercebiam dos dois estranhos personagens. Então sentavam a uma mesa no fundo. Dali Rufino podia ver a janela de Zaida. Logo alguém trazia batidas de limão que eles sorviam lentamente. Rufino falava:

– Ela deve estar dormindo. A luz está apagada.

O pintor não contestava. Seu olhar lambia a casa de cômodos, as janelas apodrecidas, luzes tênues escoando-se de venezianas úmidas. Rufino prosseguia:

– Você precisava ver Zaida. Uma vez eu fui ao cinema e vi um filme, o *Corcunda de Notre Dame*. Ele salvava a mulher da fogueira e vivia com ela, escravo dela, na torre de uma igreja. Eu e Zaida. Só que Zaida nem sabe que eu existo.

Rufino fazia um bico para sorver a batida de limão, seus olhos se nublavam de uma coisa como lágrima. O pintor mordia o cachimbo e provocava uma onda de perfume de tabaco, como incenso num templo depois do ofício.

O pintor falava então com uma voz que vinha de muito longe:

- Eu ontem vi nascerem as cigarras. Elas dormem como larvas quatorze anos e duram vinte e quatro horas à luz do sol. Até morrer de cantar. Mas não é cantar, é como um grito estridente de socorro, um sinal de alarme. Nem todas... algumas apenas, a maioria é devorada pelas formigas antes mesmo de alçar voo. Guardei a casca de algumas cigarras, carapaças frágeis e vazias. Eu gostaria de pintar as cigarras.

- Eu tenho um escaravelho de chifres.

- Pede outra batida.

Como o escravo histriônico de um rei, Rufino levantava e bamboleava em suas pernas curtas até o balcão, sorrindo num arreganho de dentes separados e amarelos. Pedia bebidas que chegavam logo. Depois as horas mergulhavam num silêncio entre os dois, fora do qual a balbúrdia era um murmúrio, como se colocassem tampões nas orelhas, como o barulho do mar naqueles caramujos empoeirados que prendem as portas e que mostram despudoradamente suas íntimas volutas cor de carne viva.

6

Rufino lembrava o dia em que entrara pela primeira vez em casa de Zaida. Fora entregar duas latas de azeite. Entrou pela sala, atravessou o corredor que ia dar na cozinha e viu de passagem uma mulher inclinada a pintar cuidadosamente as unhas dos pés. Parou. O esmalte era prateado. Ela estava de tal forma abstraída que seu corpo parecia uma forma criada assim, curvada sem esforço: seguiu a linha do braço, passou pelas axilas raspadas, seguiu o rumo de uma artéria mal assomada como uma raiz azul sobre a carne leitosa. Os cabelos negros da mulher faziam um cortinado espesso que escondia o rosto, mas o pescoço aflorava como uma escultura sólida de marfim, um torso de um deus sarcástico e eternizado em sua própria beleza. O corpo de Zaida era livre e triste – seus movimentos calculados e concentrados revelavam aquela tensão do sangue em plena floração, e principalmente a perna exposta lhe pareceu uma coluna perfeita, em cuja extremidade a mulher compunha uma cobertura de delicado brilho argênteo, único ouropel naquele conjunto de vida. Era Zaida.

Rufino se deteve, esquecido de si. Suas pernas curtas, sua corcunda, seu rosto anguloso com orelhas de abano, o cabelo ralo, a camisa suada de um ácido suor, tudo nele se transfigurava – mesmo as latas de azeite que empunhava eram de repente dois pombos trêmulos que carregasse a passeio, num momento de ócio sagrado. A distração fez com que as latas escorregassem, caindo. Zaida, com um grito de surpresa, bateu a porta do quarto. A dona da casa de cômodos gritou: O que é isso? Rufino respondeu assustado: As compras!

– Pode trazer aqui.

Rufino chegou até a cozinha e desceu uma escada acanhada que dava num pátio onde reinava a forma em perfeito repouso de um gato negro e sonolento. A mulher estendia umas roupas na corda e suas formas eram o avesso de Zaida: volumes mal distribuídos que enchiam o corpo como as batatas enchem um saco ordinário. As axilas peludas e úmidas, os cotovelos enrugados compondo grotescos pômulos nos braços manchados de sardas.

– Deixe aí na escada, Rufino. Depois passo na venda para pagar.

Rufino obedeceu e voltou, o coração aos saltos. A porta do quarto de Zaida lhe pareceu então como o cristal de um sacrário. Parou e colou o ouvido à porta, atento a qualquer ruído. Não ouviu nada, apenas o pulsar desabalado de seu coração.

Foi à venda e esperou ansioso a hora de fechar. A noite caiu sobre ele pela primeira vez. Antes a noite era uma coisa a mais, uma algema para o repouso, a véspera da nova lida, quase suplício com margens de insônia. Aquela noite, não. Sentou-se na calçada, sob a janela de Zaida, e esperou. Não aconteceu nada, apenas a luz que se apagou pela madrugada. A noite, cuja continuação pousava sobre o sono de Zaida, sobre a solidão daquele corpo em cujas unhas a riqueza do esmalte era a mais recente pátina, esta noite era uma ponte. Rufino cerrou os olhos e experimentou a brisa fria sobre o rosto, e se concentrou na passagem dessa brisa como se passasse através dela a acariciar a pele de Zaida, adormecida e seminua como deveria estar, e a envolver-se nos cabelos de Zaida, mais negros que a noite, mais implacáveis em sua missão de enredar. Rufino ficou de olhos cerrados tentando experimentar aquele gozo, e seu corpo todo se acendeu com a verdade da beleza. De olhos fechados, ele se sentiu como aquele Apolo de porcelana no jardim do pintor, tão ágil e desenvolto em sua inclinação de dar um passo em direção ao céu, para sempre.

7

Depois de ter visto Zaida pela primeira vez é que Rufino começou a visitar o pintor. Aquelas telas cheias de bosques, de pássaros e frutas douradas despertaram em Rufino a grave e dolorosa inveja. Ah, se ele pudesse pintar, para reproduzir a carne de Zaida, e guardá-la no cubículo onde mal se instalava. Encarcerar-se com a figura amada, ali, inteiramente só com ela, sem outra coisa que aquele sortilégio, e amar solitariamente, com toda a crueza do vício solitário, aquela semelhança do sangue e do delírio.

Então começou a frequentar o pintor. Inês lhe informara que a predileção do primo era por insetos secos. Rufino passou a percorrer os matos íngremes das encostas de Santa Teresa, desceu certas escadarias que davam a campos sem saída, pesquisando perigosamente os recantos mais selvagens, e conseguiu maravilhas. Insetos como joias, uns cor de ametista ou de âmbar, que submetia a demorada agonia, até a morte e a secagem, como objetos criados assim, inanimados. Levava-os para o pintor e percebia, no lampejo de seus olhos, a aceitação de sua visita, de sua presença. Nada mais que a aceitação, inicialmente. Então sentava silencioso e constrangido, assistindo àquele ritmo do pincel sobre a tela, à construção de espaços onde brotavam todas as figurações do luxo, dos pomares, e com uma luz que inquietava. Um dia quase se esqueceu de que era por Zaida que ia sempre ali, para conseguir o retrato de Zaida. Foi no dia em que o pintor compôs um matagal fechado, apenas com uma clareira onde uma pequena ponte de galhos finos se insinuava, junto a um rio estreito. A atmosfera criada pelas árvores que se erguiam, as copas fundindo-se a uma altura nobre, era de tal forma dramática, que Rufino se arrepiou. A sombra densa que aqueles ramos compactos projetavam sobre a tela, melhor dizendo, o volume de mistério daqueles bojos volumosos de folhas ligadas entre si, compunham uma verdadeira luz de sombra, uma luz ao contrário, de cujo silêncio brotassem os terrores da noite, onde a natureza é como o voo inconsciente de um pássaro suicida. Que serpentes, que invisíveis tarântulas, que doces hibiscos, que boninas e mandrágoras naqueles recessos! Rufino esperou até o fim, pressentiu quando o pintor deu a última pincelada. Então se levantou para partir.

Naquele momento viu Inês que, de camisola, espiava os últimos retoques do mesmo quadro, como quem espreita uma agonia ou um nascimento. Algo de muito importante se consumava ali. O pintor fulgurava como um deus e Rufino observou suas mãos, onde as veias marcavam saliências. Verificou que os dedos finos sustinham o pincel com a leveza do toque de um arco nas cordas de um instrumento. A paleta convulsa era o contrário do quadro, mas havia nela um outro sinal de ação criadora, como se da convulsão da paleta tivesse assomado aquela perfeição, aquela serenidade cheia de pressentimentos.

8

Eu tenho que ficar perto de Zaida. Eu não ousarei falar com ela, a minha estrela. Mas quero ficar me arrastando à sua sombra luminosa. Hoje eu vou falar com a dona da casa e ela vai me dizer...

- Não temos vagas.

- No jardim.

- É dos cachorros.

- E isso?

- É um porão infecto.

- Me serve.

- Não quero alugar, Rufino. Não insista.

- Mas eu preciso morar em algum lugar.

- Onde morou até agora?

- Por aí.

- Pois continue.

– Não posso mais dormir nas praças. A polícia anda batendo. E eu já estou quase velho.

– Mas este porão não tem luz.

– Eu trago velas.

– Tenho medo de incêndio, Rufino. Você é meio distraído.

– Só acendo na hora de chegar, para ver a cama. Depois apago e fico no escuro, descansando.

– Está bem, Rufino, vamos ver como é que fica.

– Quanto me cobra pelo porão?

– Não cobro nada. Como posso cobrar por um canto imundo é úmido como este? O banco da praça é bem mais saudável.

– Deixe eu experimentar.

– Está bem, está bem...

Rufino ocupou aquele espaço impossível, pensando apenas na proximidade de Zaida, que era uma nuvem sobre aquela enxerga. Ela está lá em cima – pensou ele – enquanto puxava as caixas de cerveja das quais brotaram baratas espavoridas. As paredes, cobertas de limo, revelavam jamais ter entrado ali uma nesga de sol. Abriu as janelas baixas e viu que estavam podres. Calçou-as com um cabo de vassoura. Tudo ali era miserável e ruinoso, mas havia a presença invisível de Zaida. E era isso que Rufino mais amava. Agora era esperar que o pintor lhe fizesse o retrato. Encontraria o inseto mais lindo de todos os tempos. Um que fosse como um brinquedo e, mesmo morto, agitasse as patinhas e soasse como uma canção de encantar serpentes. O pintor seria sua serpente, e aquele inseto mágico devia estar esperando nos meandros da mata cerrada. Penetraria naquela trama de verdes sombrios, suportaria a laceração dos espinhos que guardam os recessos vegetais como cintos de castidade. Chegaria ao centro, onde está o inseto mágico e, quando tivesse trocado por ele o retrato de Zaida, então não iria mais ver o pintor em seu ofício. Estaria cumprido seu destino.

Rufino, naquela noite, deitou sobre o colchão sem lençol e puxou uma colcha puída com que aqueceu as pernas trêfegas. Nem tirou a roupa, como se aquele lugar fosse tão transitório que nem lhe permitisse um arremedo de instalação. Como se de repente fosse ser expulso dali pelos cães ou pela dona, como um rato intruso e nocivo. Mas havia o amor de Zaida, a espera de sua presença invisível, e isto ele sabia que lhe garantiria uma certa duração naquele transe insolúvel. Assim dormiu no plano íntimo dos seres com pouca esperança, feliz do muito pouco alcançado. Já podia encostar-se ao pedestal de Zaida.

9

No dia seguinte, Rufino falou de Zaida, com o pintor, pela primeira vez:

- Eu gostaria que você fizesse o retrato de uma amiga minha.

- Não sei fazer retratos.

A resposta do pintor veio sem interrupção das pinceladas, maquinalmente ordenadas e pacientes.

- Gostaria de um retrato dela que fosse como aquela paisagem do outro dia.

- A paisagem.

- A paisagem de ontem.

O pintor não retrucou. Rufino percebeu que devia calar. O pincel salpicava intensamente um buquê de violetas esboçadas na tela, ao lado de um leque apenas desenhado.

Rufino voltou sempre, a partir de então, depois das entregas das compras, com uma fidelidade que chegava a doer fundo. Como quando se tem medo da morte de alguém muito amado e se começa a chorar antes, muito antes. Sabia que amava o trabalho do pintor, aquele trabalho que dava ao artista uma aparência desprendida, como se nunca lá fora houvesse ruído uma casa ou desfolhado uma flor. Um dia propôs ao pintor:

- Você quer ver Zaida?

- Zaida? - parou o pincel no ar.

- Mora em cima, na casa. Eu moro no porão.

O pintor apanhou um boné de lã xadrez e saiu com Rufino. A noite era densa e deserta, os cães, os raros carros, a luz parada dos lampiões. O caminho era tortuoso, calçado com grosseiros paralelepípedos. Bordejaram um abismo de onde se via a cidade, embaixo. Olhares juntos. O pintor tonteou como num navio em alto-mar. O corcunda sussurrou: "É lindo!".

- Você sai tão pouco...

- Para quê? Eu pinto.

Andaram mais. Evitaram de olhar a escuridão pontilhada de luz. Eles fugiam. Como pesados morcegos entre as folhas, eles evitavam o espaço. De repente, uma voz modulou uma frase melódica. Pararam juntos: - É Zaida - anunciou Rufino.

Estavam diante de um portão de ferro que o corcunda empurrou com certo esforço. Uma lagartixa deslizou na grade. Entraram por um caminho tão estreito que se diria feito apenas para Rufino. De um lado e de outro, samambaias silvestres. Os galhos de um verde-claro roçavam as calças do pintor. O corcunda falou quase conspirando:

- Não faça barulho.

O pintor obedeceu com a mesma resolução com que lidava com os pincéis, só se derramando quando, com os dedos em gestos nervosos, forçava certas manchas de tinta, numa impressão mais decisiva e misteriosa.

O corcunda ia na frente. Seu vulto pequeno locomovia-se à vontade naquele mundo estreito, entre as paredes pesadas do casarão e a vegetação mal-cuidada e exuberante de um jardim selvagem. Foram por aquela entrada de serviço até uma porta baixa, pintada de verde, com uma lâmpada fraca, acesa àquela hora. O corcunda parou:

- É aqui.

Seus olhos brilharam cobiçosos. Abriu a porta e entrou como um rei. O pintor teve que se curvar. Logo do escuro acendeu aquela luz sem viço, uma vela suja de poeira e teia de aranha. Era o quarto de Rufino. O pintor viu sobre uma tábua, fingindo de mesa, um variado mundo de insetos mortos e pinças, tesouras minúsculas, algodões. Viu o catre onde o corcunda dormia, e uma colcha encardida que lhe servia de cobertor. No chão de cimento, cascas de banana e jornal amassado compunham o estranho sopro da ruína.

- Está ouvindo? - O corcunda apurava o ouvido sem esforço, adivinhando com superioridade, como se o dom de ouvir o inaudível fosse seu pão cotidiano. Como o pintor não respondesse, insistiu:

- Está ouvindo?

- Quase nada.

- Venha, encoste o ouvido na parede (colava-se à parede com paixão) - Ouça!

O pintor imitou, mas era difícil. O corcunda começou a sofrer:

– É assim que eu escuto. Todas as noites. Ela canta um pouco, depois para. Então eu escuto ruídos que situam seu corpo no ambiente. Imagino cada movimento. Então me vem um prazer...

Rufino tinha a cara transtornada. Aquilo era a sua relação de amor: abjeta, desligada e apodrecente. O pintor ainda tentou ouvir, mas diante do delírio que punha o corcunda de olhos vidrados, a boca semiaberta num sorriso de milagre, diante disso não percebeu mais nada. E a parede era fria. Afastou-se sem falar. O corcunda nem olhou para ele. Estava como um morto de olhos abertos, vendo já o labirinto de afastamento com que se eternizava. O tempo não passava em sua carne. Não durava mais. Era como o escaravelho seco, as patas erguidas num louvor ou apelo, uma calma azulada e pétrea.

O pintor voltou sozinho, e nem de fora escutou a voz de Zaida. Nem pretendia vê-la. Antes pretendia esperar, como sempre, o amigo que mergulhava em suas selvas e naturezas mortas, e que lhe levava o óbulo dos insetos ressequidos. Eram como o sinal de que a vida tem provas, para além da morte.

10

Raimundo pensava:

"Comer sozinho é tão desagradável. Sobretudo em lugares públicos. Quando Elisa ainda existia, ele costumava comer em restaurantes, geralmente com ela. Quando ela não podia comparecer, ele engolia a comida sem prazer, com certo asco, como se se tratasse de um ato imoral. Na verdade comer não era bonito. Se não comesse morreria de fome, só isso. Mas o momento em que geralmente comia era como se fosse o momento de cortar as unhas: inútil, habitual e desprovido. Não pensava mais em privilégio, e comia como os animais comem, como o mais forte dos cavalos, como os cães e os gatos. Só admirava os peixes – os peixes se alimentavam num sobrenado, como se de um salto mordessem as iscas, com tal elegância no movimento que ninguém notaria o sôfrego engolir."

Comer sozinho, à vista dos outros, era tão desagradável... Não como agora que se sentava à mesa da cozinha, com Inês, e que se contemplavam repartindo o pouco que ela melancolicamente preparava. Mastigava com capricho. Não provava ainda o gosto mais fundo, porque a comida de Inês era mansa, sem temperos nem surpresas. Amava aquela paz. Com Elisa aprendera o que é a solidão - porque cada momento em que ela não estava presente era como um prazo inútil. E quando se apoiava na esperança de estar novamente com ela, estremecia de pensar que a morte estava pousada no futuro, de tal forma que o futuro era uma concessão da morte. Com Elisa aprendera ainda a cerrar os olhos contra o travesseiro e pensar: "A infelicidade não existe, estou dormindo". Dormir como morrer, isto consolava. Tudo porque Elisa abrira para ele perspectivas de amor. E se perguntava: "Por que exatamente ela?". Media a realidade daquele corpo, sabendo que amava nela exatamente o momento ininterrupto de uma alma clara e livre. Queria esquecer a vida, quando Elisa estava com seu marido e ele era obrigado então a comer sozinho. A solidão e a pobreza a lhe chegar com Elisa. Através dela tudo se desvendara: começou a ser um homem infeliz desde o encontro no qual soube o que era o amor. E só com Elisa isto se definia, de maneira que ele decidiu não mais mentir. Por isso queria, por vezes, esquecer - a cabeça contra o travesseiro, a mente apagada de nomes, datas, lugares. Até que crescia, voltava, o peso figurado de Elisa, na saudade. De olhos cerrados, antes de admitir que o amor trouxesse de volta a amargura, experimentava o doce embalo do sonho. Elisa existia em alguma parte, por isso o sofrimento era memorável. Sabia que, se a esquecesse, tudo seria como o primeiro gole de água, depois de muita sede. Mas não queria esquecer de verdade. Quando fechava os olhos, queria a paz da anestesia. Conhecera Elisa quando tinha tudo, tudo. Ali estavam as cartas, as cartas que trocaram por muito tempo, até que se atrevesse a tocar em Elisa, ela consentindo deslumbrada. Ali estavam as cartas. No escuro, a casa imersa em trevas, apalpava a pasta com as cartas e documentos. Até retratos de Elisa. Era o que restava de um tempo diluído. Sabia que era um pouco loucura esta tensão com que vivia o presente e o passado. E o passado vinha frequentemente, no meio da noite. Então seus olhos eram como os dos gatos no escuro: visionários. E via Elisa, dizia seu nome baixinho como em pranto. Sabia que ela estava em algum lugar, não sabia onde. E o mundo então parecia tão grande como a eternidade. Porque Elisa era como Deus, real mas inencontrável, no entanto em todo o lugar.

Eu quero explicar o porquê de Elisa: fomos muito felizes nos nossos primeiros anos de casados, eu e Dulce. Lélia nasceu e nos completava. Mas Dulce criou Lélia como coisa exclusivamente sua. Aos poucos eu fui ficando fora da liga afetiva que elas estabeleceram. Entendi mesmo que Dulce não era mais feliz comigo, que talvez nunca tivesse sido. Eu é que fora feliz com ela, com elas. Até o ponto em que fui investido da categoria de simples sustentáculo material do processo, enquanto elas criavam um mundo particular e sem a menor chance de naturalizar-me nele. Eu sempre fui um homem simples, até a hora da miséria. Depois, quando encontrei você, Inês, e me refugiei no seu mundo, e tive em você uma amiga, então eu já era um ser complexo e triste, atento à descida dos anos e satisfeito de estar passando. Antes não, eu tinha saúde e uma vaga impressão de que não morreria nunca. Elas tinham conversas estranhas. Elas ouviam música clássica sem parar. Frequentavam concertos. Eram duas esotéricas irremediáveis, sem alegria, realizadas.

Eu fui me transformando numa sombra naquela casa. Quase como hoje nesta casa. Com uma diferença, Inês: quando o pintor sai e passeamos juntos pelo jardim, eu sinto que você me eleva à categoria de pessoa. Esta sensação eu já havia perdido quando encontrei Elisa. Elisa trabalhava numa farmácia, perto da sala onde elas ouviam concertos semanais. Eu comprava um jornal na esquina, quando ia buscá-las perto das onze horas, e me encostava no balcão da farmácia, esperando o fim do concerto. Às vezes, o concerto se alongava – lembro-me bem de uma série intitulada "o ciclo do oboé". Elas saíam iluminadas, assim caminhávamos até nossa casa, e, se eu perguntava alguma coisa relativa à noitada musical, elas me olhavam como se eu fosse um herege. Depois respondiam laconicamente, apenas informativas. Nestas esperas eu troquei palavras com Elisa, palavras banais. Mas Elisa também me devolveu a emoção de ser um ser humano entre seres humanos. Elisa era cálida. Tinha uns olhos verde-mate e uma pele amarfinada. Um sorriso manso e cheio de bondade. Ria muito quando eu me queixava da minha situação conjugal e eu até ria junto. Como se aquilo fosse mais natural do que eu julgava. Ela até me perguntou:

– Você está se furtando à felicidade.

– Que felicidade?

– Você ama sua mulher e sua filha.

– Já amei. Agora eu cumpro o meu dever. Elas se completam.

- Isto é uma invenção da sua cachola. Você está fazendo tricô preto.

- Tricô preto?

- Esta trama diabólica que o torna infeliz quase com prazer.

Então eu ri e descobri inesperadamente que ainda podia rir do meu próprio desacerto. Elisa era feliz. Aos poucos eu senti que ela me fazia falta, e ansiava por aqueles concertos que me levavam e ela, porque eu não tinha coragem de ir sem um pretexto. Não sabia realmente como Elisa encararia isso, desde o momento em que me informara ser casada, nada mais. Elisa, eu entendi depois, jamais me faria uma confissão indiscreta, mas percebi que se compadecia de mim. Elisa era como tu, Inês. Só que entre eu e ela havia um elo físico, um desejo de idades próximas e afins, que me levaram a pensar que ela deveria ser minha esposa, que com ela eu teria prazer de viver, de conversar, e que jamais teria filhos. Elisa não tivera filhos, um problema de esterilidade. A princípio se empenhara, depois... ("Depois eu entendi que ter filhos não era o principal, que um filho num casamento comum pode acabar sendo simples arma de chantagem. Que eu amaria demais o filho que tivesse e sofreria por isso, pois sempre se sofre quando se ama demais - é quando tudo está permanentemente se perdendo. Eu não aceitaria a perda de uma coisa muito amada. E sua filha?")

Eu a perdi desde cedo. Dulce apropriou-se de sua alma como de uma coisa palpável. Ela foi bem educada por Dulce, mas isto não é tudo. Não se pode perverter assim um coração, desviá-lo da natural realidade de seu mundo integral.

Porque nesse mundo eu estava, e Lélia aprendeu desde cedo a me ignorar. Foi uma perversidade, especialmente comigo que fiquei sem armas de aproximação, já que meu mundo interior não conferia com o delas. Senti, a partir de um certo momento, que elas me desprezavam. Eu gostava muito de futebol, sabe, Inês? Quando eu ligava o rádio ou a televisão para saber o resultado de uma partida, ou quando me entretinha assistindo a alguma parte de um jogo importante, elas se retiravam tácitas, como gatos maliciosos. E este silêncio, que logo se tornava ausência, pesava em meus ombros como uma culpa. Eu vivia constrangido. Elisa ouvia minhas histórias com uma piedade infinita, e eu tinha vontade de me aquecer em seu seio, em seu corpo. Cada dia crescia mais este desejo já que as minhas relações íntimas com Dulce eram cada dia mais mecânicas e desumanas. Ela era todo o frio do mundo para mim, e eu sofria muito com isso. Depois Elisa foi o que você já sabe – uma coisa completa no instante, mas sem continuidade. Pois Elisa não tinha forças para um rompimento com seu passado e não queria sanar meu sofrimento à custa do sofrimento dos outros. Especialmente dela e do seu marido. Ela me dizia: "Eu não vou fazer com ele o que Dulce fez contigo. Eu não nasci para traições. Eu casei com ele porque quis e nem estou certa de te amar o suficiente. Gosto de ti, tenho pena do teu sofrimento, mas será isso amor? E se não for? E se amanhã descobrirmos que não era bem isso de que precisávamos? O ideal era que ficássemos amigos. Mas tu não suportas e precisas mais de mim, e eu estou disposta a te dar o que necessitas. Só te peço que aceites a transitoriedade desta experiência, porque o pecado é exatamente o mal que causamos com a nossa liberdade".

Ela era assim, Inês. No fundo ela gostaria de viver comigo uma relação como a que eu vivo contigo. Mas eu era mais jovem e mais ansioso de vida do que agora.

- Eu não sou a vida?

- Agora eu me contento em examinar contigo a vida das formigas, o nascimento das flores ou o mistério desta casa. Temos nossa área de permanência, restrita e rica. Descobrimos juntos o renascimento diário do medo, do silêncio, da loucura e da morte.

- Eu sou uma velha, não é?

- Não é por isso, é que eu sinto que breve me desligarei de qualquer interesse, como quando te encontrei...

- ... depois da fuga de Elisa, da morte de Dulce e do casamento de Lélia.

- Quando me encontrei verdadeiramente só. Então tu apareceste, como um anjo. Como um elixir mágico. Hoje eu te confesso que já cansei de manter este fio de interesse. Eu sou um ser condenado desde o princípio a esta indigência moral. Não, por favor, não chores, Inês.

11

Sim, eu sei. Naquele tempo ainda estava apaixonada por Walter. No fundo eu sabia que era um amor sem futuro, embora nosso noivado fosse aparentemente o que se pode chamar de definitivo. A presença e a ausência de Walter me completavam na medida exata. Imagina os filhos que teríamos, e a união com que manteríamos nossa casa! Minha mãe não via o assunto com bons olhos, ela no fundo não queria que eu me casasse. Uma espécie de ciúme, de medo de ficar sozinha. Daí a rigidez com que me era imposto um tempo de amor. Será que posso chamar de amor aquele afeto tão parecido com o que eu poderia ter sentido por um de meus irmãos? Seria eu uma anormal? Não, sei que não. Walter me despertava para outras realidades. Eu gostava de dançar com ele. Fechava os olhos e deixava que me levasse, para onde quisesse. O amor para mim era isso. Naquele tempo eu ainda era uma mulher consciente de um posicionamento passivo perante a vida. Eu ambicionava para mim um paternalismo, mais ou menos a segurança que eu sentia quando meu pai estava conosco, no intervalo de longas viagens. Ele chegava sempre carregado de presentes e com dinheiro. Eram dias de festa. Eu adormecia em sua perna, a cabeça encostada em seu peito, e tinha a sensação de segurança absoluta. Walter, na ausência de meu pai, era isso. Só minha mãe não via as coisas com tais olhos. Ela dizia sempre: "Inês, tens certeza das boas intenções de teu noivo?". A frase me soava falsa, eu desconversava. Walter durou pouco e intensamente. O suficiente para que eu não imaginasse outra experiência. Venceu a força de minha mãe, e Walter sentiu que era inútil enfrentar aquela luz do instinto. Minha emoção me facultava ambicionar outras experiências, jamais daquela natureza elementar do amor – homem/mulher. Sequer de amor carnal em qualquer sentido. Passei a ver as pessoas, os amigos, como movimentos de música que me embriagavam e com os quais eu experimentava um enleio quase imaterial. Era difícil para mim atravessar a barreira do toque físico. Fiquei inibida. Só os muito íntimos, os muito amados, podiam tocar no meu corpo, ou beijar meu rosto. Então era como se a asa de um adágio me tocasse, porque Walter partira, e com ele a possibilidade de uma relação física mais profunda. Eu não tive coragem de partir para outra experiência no mesmo sentido, e não me arrependo. Eu não senti falta daquilo e hoje estou certa de que teria errado se persistisse em me transformar numa sensitiva comum e doméstica, como a maioria das mulheres. É verdade que, em certos momentos, eu me sentia inferior. Afinal eu era virgem e nem gostava que falassem nisso. Mas havia sempre alguém que curiosamente abordava o assunto, como se esta ideia o excitasse. E nem me faltavam apetências sensoriais para as coisas da vida. Como eu amava os vinhos! E a música! E as frutas, e as flores! As jabuticabas que um amigo me mandava numa caixa coberta de rosas... Aquele perfume invadindo o quarto. Eu fechava os olhos e aspirava... era intenso como qualquer ato sexual. Só que não me desgastava. Eu acho que sempre fui e sou uma mulher sensual. Não no conceito latino. Virgem e sensual, o que me dá uma força especial. Mas eu não era mulher para Walter, nem para homem nenhum como ele. Ele sentiu que eu seria mutilada se investisse aquele papel. Meu Deus, graças a Deus minha mãe dificultou! E eu que sofri tanto nos primeiros tempos. Porque o amava à minha maneira, apesar de todo o mal que seu amor me pudesse provocar, se não tivéssemos descoberto a tempo a solução perfeita da separação.

Eu ainda estava apaixonada por Walter, tentando esquecê-lo, quando conheci Raimundo. Estava sujo e maltrapilho, pedindo um prato de comida à minha porta. Havia, no seu olhar manso e azul, uma prova de qualidade humana, não como a de certos mendigos que se incrustam na posição marginal e adquirem o isolamento das pedras empoeiradas. Raimundo vinha com sua pasta pedir comida, como um daqueles andarilhos do Antigo Testamento, que até podiam, de repente, ser reconhecidos como anjos. Minha mãe agonizava e eu não dei atenção a Raimundo. Dei-lhe um prato de comida.

Ele voltou outras vezes. Minha mãe morreu. Um dia eu saí com ele pela rua, eu chorava mansamente. Raimundo não falava, apertava a pasta constrangido. Com a voz embargada, perguntei:

- O que é que você leva aí?

- Levo meus mortos.

Aquilo me sacudiu. Raimundo já cicatrizara. Andamos, em silêncio, naquela tarde dourada de amendoeiras e pardais.

Com a morte de minha mãe e o passar do tempo, tive que morar com meu primo, um pintor solitário e excêntrico. Nesta casa onde estou hoje, pensando no passado como se não fosse meu, mas de um personagem que eu poderia ter sido. Um dia pedi a meu primo que aceitasse Raimundo como hóspede e ele respondeu:

- Não tenho lugar.

- Nenhum cantinho?

- Só esta cadeira antiga. Será que ele moraria nela?

- Acho que moraria.

- Mas não quero que me perturbe, quando estou pintando. Que não se mova da cadeira.

- E quando você sair?

- Então pode andar, fazer o que quiser. Mas gostaria que você não se envolvesse nisto. Sei como era sua mãe e sei que ela não aprovaria sua amizade por um homem quase desconhecido.

Então eu perguntei a Raimundo se ele queria morar na cadeira antiga da casa de meu primo. Já estávamos muito amigos e acho que por mim ele aceitou. No princípio sofreu.

12

No princípio sofri, depois me acostumei. Tinha medo do pintor, de sua frieza, de seu silêncio. Suportava tudo por Inês. Todos os dias tínhamos horas de recreio, ríamos até dessas furtivas liberdades nas quais tomávamos chá, regávamos as plantas e falávamos das nossas coisas. Era quando o pintor saía. Ouvíamos muito música – esta foi a ponte principal da nossa afeição. Ela me ensinou a ouvir música. Então foi como se eu reencontrasse Dulce e Lélia. Inês me trazia comida na cadeira, sem falar nada. Apenas trocávamos um olhar de entendimento, como quem dissesse: "Espera, logo estaremos livres". Nada devia perturbar o trabalho do pintor que, na verdade, não avançava. Quantas vezes ele ficava ensaiando uma pincelada, procurando uma cor, com paciência, até a exaustão. Não se amofinava, nem alterava. Nós, nestes momentos, contínhamos quase a respiração. Tudo ao redor parava - as folhas das árvores, os pássaros. Quando ele consumava o gesto, um desapontamento movia todo o ambiente. Era definitivamente um pintor medíocre. O gesto e a cor surgiam frustrados, sem brilho e sem efeito. Apenas ele, o pintor, continuava imperturbável, como se tudo aquilo fosse exatamente o que ele queria, pouco se importando com o nosso julgamento, como pouco se importava com a nossa aflição.

Hoje eu gosto desta cadeira. Fico lendo as cartas, vendo os retratos, decorando palavras e expressões quase apagadas, em rostos que já não existem. Depois tem Inês, nossas horas de folga, nossa música. E tem Rufino. Inês disse que Rufino é uma imagem possível da nossa alma em determinado momento. Eu, na minha cadeira, sou Rufino, sinto isso. Minhas saídas com Inês é a liberdade de Rufino, ouvindo Zaida mover-se através da parede e consumando um amor artificial e doentio. Todos temos medo, um medo rufino, uma limitação rufina. Eu também coleciono escaravelhos cintilantes, minha memória é uma vitrina deles. Só Inês, eu acho, não pode ser identificada com essa angústia mutilada e contorcida que é a nossa solidão. Inês é o avesso de Rufino. Será que ela sabe disso? Eu gostaria de dizer, mas...

13

Naquele dia, antes de ir para a casa do pintor, Rufino parou num botequim para tomar um cafezinho. O empregado, a princípio, não notou sua presença, a não ser quando colocou as mãos na beira do balcão, como faria uma criança para se fazer notar. Então o empregado curvou-se, sem palavra, mas com aquela expressão automática de quem está aguardando uma ordem entre muitas iguais, num tempo de monótono trabalho. Rufino pediu um café e a resposta foi ainda um mecânico sorriso e o gesto rápido de juntar a xícara escaldada e o pires, aproximar o açucareiro e manipular a máquina de café, tudo numa presteza inexpressiva. Rufino observou, pela primeira vez, aquele ritual instantâneo, talvez porque o rosto do jovem lhe dissesse alguma coisa. Não conseguiu identificar a origem da sua curiosidade, mas ao mesmo tempo ligava o desenho daquele momento à natureza conhecida das visitas ao pintor. O jovem, servida a xícara, curvou-se atenciosamente para colocá-la nas mãos de Rufino. Sorriu. Seu rosto, de uma cor azeitonada, mostrava-se emoldurado de uma cabeleira em caracóis dourados. Rufino pensou "eu já vi este rosto". Bebeu e pagou o café, enquanto o jovem empregado servia outras pessoas, sempre em silêncio e com o mesmo sorriso final. Rufino, antes de se retirar, ainda observou a figura do rapaz, pensando "eu poderia ser assim". Invejou aquela luz natural que, com pouca expressão, mas concreta beleza, guardava o segredo de uma alma possivelmente rica de aflição e esperança. Tudo guardado na pobreza de um trabalho mesquinho. Fechado como uma pedra, mas como uma pedra cintilante. Rufino partiu, voltando-se, ainda uma vez, para ver o personagem e percebeu que também ele o olhava com curiosidade, o que considerou muito natural.

14

Na casa do pintor, Rufino colocou-se no seu costumeiro lugar. O pintor já começara o trabalho e não o interrompeu sequer para saudar Rufino, limitando-se a olhar para a mesa onde o visitante colocava sempre algum inseto seco que encontrava no mato vizinho. Rufino naquele dia não trouxera nada, nem pesquisara o intrincado da mata. Entre a vigilância secreta da vida de Zaida no andar superior e o trabalho de entregar compras nas casas do bairro, gastara o seu dia. Quando chegou a hora da visita ao pintor, já não tinha tempo de procurar aquelas minúsculas carapaças com que conquistava o direito da visita e mantinha a esperança de ter o retrato de Zaida. Quieto e compenetrado, Rufino pousou a mão num livro de arte que sempre folheava em certos momentos de distração, naquele ato religioso de assistir a uma sessão de pintura. Virou as páginas como se, inconscientemente, procurasse alguma coisa. E achou o que não procurava com lucidez, mas com instinto. Ali estava a figura, numa página inteira e vivamente colorida. Eram, aliás, duas figuras e o detalhe de um rosto, num canto da página. Leu a legenda: "Rica em detalhes, a paisagem envolve as figuras da *Primavera* de Botticelli". Botticelli, era isso. Um rosto sensualmente indeciso, uma expressão mortiça do olhar, a pele dourada, os cabelos em mechas caprichosamente revoltas. Era isso, Botticelli. Rufino, por um momento, abstraiu-se de sua natureza contemplativa e associou, com paixão, aquela figura ao rosto do empregado do botequim onde tomara seu cafezinho. Era a figura daquela primavera que ele encontrara ao vivo, sem a cenografia floral, sem aquele personagem lateral derramando flores pela boca, mas com a natureza perfeita e misteriosa de um modelo de vida.

O pintor percebeu que Rufino, naquele dia, estava demasiado ausente e, por várias vezes, interrompeu a pincelada para observar a liberdade inesperada daquele escravo habitual de seu ofício. Rufino, por sua vez, não conseguiu mais desligar-se daquela figura e pensou "como eu gostaria de assistir à pintura daquele quadro". Viu a data em que fora pintado, 1475, e arrepiou-se pensando que já houvera tantos séculos antes, e o impossível de sua participação efetiva naquela obra. Pela primeira vez desprezou o pintor, seu amigo. Afinal, ele não pintava retratos. Esta negativa sempre lhe parecera muito natural, como se não pintar retratos pertencesse à essência criativa de todos os pintores. Como se o pedido de um retrato fosse uma especulação de sua ignorância, e pintá-lo fosse uma concessão de artista tão alto e pessoal, como julgava seu amigo. No entanto, ali estava um retrato, um conjunto de rostos e, entre eles, o rosto do jovem empregado do café, como se Botticelli o tivesse conhecido ou imaginado, há quase quinhentos anos. Olhou o pintor mais uma vez e pensou: "ele é muito menor que Botticelli". Em seguida retirou-se, sem esperar o fim da sessão de pintura e o costumeiro passeio a dois.

15

– Um cafezinho.

– Aqui está.

– Você conhece Botticelli?

– Não.

– Você já viu Zaida?

– Não.

– Quer ver?

– Quem é Zaida?

– Uma mulher.

– E daí?

– Você não gosta?

– Quem é que não gosta?

– Então hoje. A que horas você larga o serviço?

– À meia-noite.

– Espero aqui e vamos ver Zaida.

– Certo.

16

O pintor chamou Inês e perguntou por Rufino: "Ele saiu mais cedo hoje". Inês não soube explicar. O pintor não demonstrou inquietação, não quis demonstrar. Mas, na paisagem começada, o pincel se espalhou com certa angústia, a tinta apresentou um novo empastamento. Inês pensou "meu primo está mudando de fase" – e foi para o jardim examinar os jasmineiros e as buganvílias. Viu de longe Raimundo cochilando em sua cadeira. Achou-o abatido. Quase não falavam ultimamente. Nem nas horas de liberdade, quando o pintor saía para seus passeios, Raimundo procurava Inês para uma conversa ou uma caminhada. Inês estranhou, sentiu-se mais só. Na verdade, Raimundo era sua única companhia naquela casa. A única vida comunicante a seu favor. Não; não era verdade. .. há quinze dias vira um casal de pombos, recolhendo gravetos para um ninho. Depois, os ovos postos e chocados.

Agora se deslumbrava, vendo cada dia o crescimento dos borrachos. Tão feios, quase pelados, depois uma plumagem cinza, o bico agressivo e desproporcional ao corpo magro. Em seguida as primeiras penas e logo uma certa estrutura. Era a vida se formando diante de seus olhos. Tentou contar a Raimundo, mas seus olhos úmidos brecaram qualquer palavra. Então ela ia sozinha ver seus pombos, a família inocente e natural, mais próxima dela do que uma planta. Um animal, enfim, como ela era na sua etapa mais elementar. Poderia um dia comunicar-se com aqueles seres de hábitos tão familiares à sua natureza humana? Agora que já nem tinha Raimundo, só podia esperar o milagre.

O pintor passou ao longe, abstraído. Algo se passava com ele, absolutamente novo. Seria aquela revolta vista na tela? Inês seguiu-o, escondida pelos troncos das árvores. Tudo nele era como sempre, calculado e indiferente. Mas havia em suas mãos, e nos seus olhos, uma vibração nova. Ele andou algum tempo, molhou os dedos na fonte junto ao portão e voltou. Recomeçaria a trabalhar.

Raimundo pensava: eu não quero mais nada. Realmente eu não preciso de mais nada. Nem de Inês. Eu já nem quero estas cartas e estes retratos. Não estou revoltado com o pintor que me concede esta cadeira para viver. Na verdade, isto é o essencial; e eu só quero o essencial. As confidências com Inês me perturbam. As cartas, a saudade, estes fantasmas e estas palavras irrecuperáveis me perturbam. Inês me vigia, mas eu farei que nem noto. Eu, na verdade, não quero notar, nem sofro com isto. Ela não vai entender e eu não vou explicar. Hoje Rufino não veio ver o pintor trabalhando, e o pintor trabalhou menos. Os hábitos foram quebrados e, mesmo que eu quisesse, não saberia a hora de me levantar desta cadeira, sem perturbar as regras do jogo. Quando Rufino não vem, como hoje, não se sabe como o pintor se comporta, a que horas começa ou larga seu trabalho, quando sente necessidade de descanso ou quando vai sair. Rufino descontrolou o mecanismo.

À meia-noite em ponto Rufino estava na porta do botequim, esperando o empregado. Não o viu no balcão e se inquietou. O entregador de bebidas ia saindo e ele perguntou:

- Seu companheiro já foi?

- Quem, Daniel?

- Ele mesmo.

- Está tomando banho.

- Obrigado.

O informante seguiu seu caminho como uma sombra e Rufino pensou: "está tomando banho e pensando em Zaida. Eu prometi Zaida. Quero ver Zaida através de seus olhos".

Esperou uns minutos até que o outro apareceu. Os cabelos molhados já não eram aquela espuma de luz que lembrava Botticelli. Vai secar, pensou Rufino, até chegar em casa vai secar. Daremos um passeio primeiro. Tomaremos um limãozinho...

- Esperou muito?

- Nada.

- Como é que você se chama?

- Rufino. O seu nome eu já sei. Seu colega me disse. Daniel.

- É isso aí. Vamos ver Zaida?

- Vamos.

Rufino começou a andar e o outro lentamente o acompanhava, formando uma dupla de sombras fantásticas na rua deserta. O botequim aberto na esquina foi a primeira parada:

- Tomamos um limãozinho?

- Pega bem.

Rufino pediu as bebidas. Sentaram numa mesa de canto. Daniel, com os olhos brilhantes, indagou:

- Onde está Zaida?

- Em minha casa.

- É sua mulher?

- Minha?... Eu não tenho nada. É uma vizinha.

- Ela frequenta a sua casa?

- Pare com perguntas e beba. Por que você molhou os cabelos?

- Eu tomei banho, ora.

- Mas não devia. Ficou com cara de cabrito. Horrível!

- E que tem isso?

- É por Zaida. Se ele vir você não vai reconhecer Botticelli.

- Mas eu não sou esse...

- Vou te trazer um retrato de Botticelli.

- O limãozinho está ótimo.

Em seguida saíram. Subiram a ladeira que ia dar na plataforma onde se erguia a casa de Zaida. De lá se via a cidade inteira, como num sonho. Daniel suspirou: "que lindo...". Os cabelos já estavam secos e formavam naturalmente aqueles caracóis de mel que aureolavam o rosto, à maneira da figura do livro. Rufino pensou "agora sim". Entraram pelo portão principal e seguiram o caminho perfumado de rainha-da-noite, até a porta do porão de Rufino. A chave escura e antiga rangeu na fechadura e a porta pesada abriu, deixando ver um painel de treva. Rufino acendeu uma vela e, em seguida, convidou Daniel:

- Entre. É aqui que eu moro.

- Mas Zaida não está.

- Venha cá. Venha!

Rufino encostou tremendo à parede, colando o ouvido e sussurrando:

- Faça como eu.

Daniel obedeceu sem raciocinar, dominado por um misto de medo e revelação. Rufino o inquietava, no entanto esperava Zaida. Uma promessa maravilhosa no tempo de sua juventude pobre e tímida. Poucas vezes tivera uma mulher nos braços. Vivia de uma permanente e febril imaginação. Encostou-se à parede, como Rufino. O silêncio era total.

- Chegamos tarde.

- Tarde para quê?

- Zaida está dormindo.

Rufino sentou na cama, decepcionado. Daniel insistiu:

- Você não pode acordar Zaida?

- Está louco? Eu nunca falei com ela.

- Então por que me convidou para ver Zaida?

- Porque eu a vejo todas as noites, com a minha imaginação e através de ruídos. Se você fosse cego, como faria?

- Que besteira. Era para isso que você me trouxe aqui?

- E que queria mais?

- Vou embora.

- Se você fosse cego, como é que você veria Zaida? E se você fosse como eu...?

- Mas não sou.

- Botticelli.

- Pare de dizer este nome estranho. Vou embora.

Daniel saiu rápido, seguido de Rufino. O anão tinha dificuldade de acompanhá-lo agora, quando o ritmo irritado desenvolvia largos passos pelo corredor escuro. Daniel tropeçou numa pedra e quase caiu, apoiando-se num tronco espinhento. Recompôs-se e andou mais, agora com Rufino a seu lado.

- Você está com raiva de mim?

- Eu me machuquei - mostrou a mão e o braço que os espinhos haviam riscado de sangue.

- Isto não é nada.

- Que palhaçada esta história de Zaida.

Estavam já no portão quando um carro parou, a poucos metros, e uma pessoa desceu. Rufino, lívido, sussurrou:

- É Zaida.

Viram ainda que ela, antes de se afastar do carro, beijava o motorista, inclinada junto à janela. Estava vestida de branco, um tecido levíssimo de cuja transparência aflorava a linha de seu corpo. Rufino fixou aquela carne semiencoberta, caprichosamente exposta ao desejo. Zaida aproximou-se resoluta, seu rosto moreno e limpo consentia apenas numa sombra azul ampliando as pálpebras, sob as quais brilhavam dois olhos negros e frios. Rufino e Daniel ficaram encostados ao portão. Zaida pediu:

- Dá licença?

Era a primeira vez que Rufino ouvia a voz de Zaida. Deu um passo, cedendo o lugar, e a moça entrou rápida, galgando as escadas e sumindo atrás da porta principal da casa. Daniel murmurou:

- Você não falou com ela...

- Eu nunca falei com ela, já disse.

- Então por que me chamou aqui?

- Outra vez? Foi para isso... para ver Zaida ser beijada. Eu também nunca tinha visto Zaida ser beijada.

- Você está louco.

- Vamos embora.

- Não precisa me acompanhar.

- Tomamos mais um limãozinho.

- Não quero nada. Estou cansado e amanhã levanto cedo.

- De tarde eu passo lá.

Daniel, amuado, não respondeu e, quase correndo, desceu a ladeira, sumindo na primeira esquina.

17

Há três dias que Rufino não ia ver o pintor. No quarto dia chegou como de costume, à hora em que o artista riscava a carvão, na tela limpa, o esboço de uma nova paisagem imaginária. A chegada de Rufino fez com que o pintor estremecesse, sem dizer nada. Aparentemente procedeu como sempre, com a mais absoluta indiferença pelo visitante. O olhar de Rufino procurou o que queria ansiosamente. O livro. Ali estava o livro. O pintor começou a colocar cor no quadro e Rufino não reconheceu aquele novo ritmo do qual brotava uma pincelada larga que ia sugerindo árvores e montanhas. Quase não entendo a imagem - pensou Rufino. É como ter visto Zaida através dos ruídos noturnos que a parede canaliza. Puxou o livro para bem perto de si, tinha em mente alguma coisa especial naquele dia, mais do que ver o trabalho do pintor. Depois de meia hora de silêncio, o pintor, sem se voltar, perguntou:

- Você esteve doente?

- Não. Eu não achei nenhum escaravelho para a sua coleção.

- Não tem importância. Eu resolvi fazer o retrato de Zaida.

- Já não quero o retrato de Zaida. Há dois dias eu a vi, de noite, e ela beijava um desconhecido.

O pintor percebeu que perdia sua plateia. Rufino não queria o retrato de Zaida. Por que teria voltado ali? Rufino abriu dissimuladamente o livro na página da *Primavera* de Botticelli, e, com dedos lentíssimos, foi arrancando a folha, parando de vez em quando para não se deixar pilhar naquele roubo. Só por isso voltara. O pintor continuava preso à tela pelo medo inesperado de perder Rufino. Quebrou novamente o silêncio.

- Vamos sair hoje?

- Não posso. Tenho um compromisso.

A esta altura Rufino já havia destacado a folha, dobrando-a em dois e escondendo-a por dentro da camisa. Feito isso fechou o livro. O pintor insistiu:

- Então amanhã?

- Pode ser, não sei.

- Não precisa se preocupar com os escaravelhos. E, se mudar de ideia, eu prometo fazer o retrato de Zaida. Faço rápido, se você quiser.

- Eu já disse que não quero o retrato de Zaida. Quero que você pinte a *Primavera* de Botticelli.

- Isto é impossível.

- Tenho que ir.

– Espero você amanhã.

A esta altura o pintor perdia a serenidade, e seus olhos ardiam de terror. Rufino sentiu-se dono de seu ser inteiro, só naquele momento percebeu esta força nova que ele não sabia existir nele em relação ao misterioso amigo. "Ele depende de mim" – pensou Rufino – "e eu já não quero carregar este peso, sobretudo agora que tenho consciência dele". Pensando assim, saiu apertando contra o peito o papel dobrado onde levava o retrato da primavera.

18

Inês observava o ciclo perfeito da vida dos pombos. Sempre pensara que a inocência era o destemor da morte, a inconsciência do perigo. No entanto, ali estavam os pombos do beiral, revezando-se no cuidado de manter os filhotes sem possibilidade de queda. Como qualquer pai ou mãe que se postasse à beira do abismo onde as crianças brincassem. Revezavam-se os pombos, e havia neles a cautela instintiva que, de uma certa forma, anulava o conceito de inocência que Inês formulara antes, e que, nos animais, seria um estado permanente de vulnerável e perfeita duração. No entanto, também os animais têm medo – anotou ela em sua silenciosa observação. E, se os animais têm medo, já perderam, como os homens, a inocência. Porque a inocência seria confiar em Deus, cegamente, e deixar que tudo acontecesse. Os animais não podem mudar o rumo das coisas, nem os homens. Os homens pensam que podem, no entanto apenas adequam os fatos, condicionados e movidos pelo medo. Os animais estão mais próximos do homem do que se pensa. Isto agradava Inês que, de repente, encontrava naqueles pombos uma vinculação sanguínea, já que Raimundo era cada dia mais uma sombra e passava a maior parte do tempo cochilando, a cabeça pendida e desligada. O pintor, com a ausência de Rufino, ficava mais em casa, pintando menos, contemplando mais cada pincelada, cada detalhe da composição, disfarçando uma angústia que o comprimia cada instante mais, e cujo efeito Inês temia acima de tudo. Pensou em procurar Rufino e perguntar o que estava acontecendo. Ela sabia da necessidade de certas coisas, mais do que os implicados nesta ação. Ela sempre ficara observando, não se preocupava em viver intensidades. No entanto, mantinha intatas as suas emoções e, por isso, podia ver mais claro, viver com os outros todas as posições do jogo. Agora sofria pelo primo e se inquietava com a ausência de Rufino. Seu pensamento enleava o voo dos pombos, como se comunicasse a eles a sua inquietação. De repente, não pôde conter a voz, em tom confidente, como se ainda falasse com os pombos: "Vou ver Rufino...".

19

Inês passou o resto do dia observando o pintor mais de perto. De tal forma que ele, sem voltar o rosto, perguntou num tom monocórdico:

– O que acha da minha pintura?

Era a primeira vez que o pintor perguntava isso, no entanto Inês tinha uma teoria há muito guardada para um momento desses. Jamais pensou que fosse ter oportunidade de expô-la ao pintor, mas resolveu não perder a oportunidade, pois, de uma certa forma, somente ele teria condições de pegar o fio da sua reflexão.

– A tua pintura está muito próxima da natureza.

– Isto é bom?

– A natureza já está ai. Não creio que o artista deva simplesmente repetir.

– Eu só sei, só quero fazer isso.

- É um risco. Olha a natureza. Tudo parece ter sido manchado, resolvido com gestos, como se Deus estivesse próximo e palpitante.

- Não use o nome de Deus, eu não creio em Deus.

- Substitua por imagem matriz, energia, o que quiser.

- Continue.

- Apesar da perfeição da natureza, repara como as coisas são espontâneas. No entanto, há uma geometria debaixo de tudo isso, triângulos, círculos, losangos, quadrados, retângulos. Uma geometria invisível. O homem desentranhou isto do espaço natural. Não que ele inventasse, pois tudo o que o homem poderia descobrir já estava ali, desde toda a eternidade. Mas o homem foi codificando, entende? O homem só podia competir com Deus através da geometria, porque pelo gesto perderia sempre. O homem construiu, e sua construção teve um princípio visível. Diferente da construção informal de Deus, cuja raiz é indecifrável. Deus pode ser maior, e o é - mas o homem, em dimensão menor, colocou algo de nitidamente seu na Criação. Visibilizou as estruturas.

- Você anda lendo demais, Inês.

- Eu penso.

Caíram em silêncio, até que Inês se afastou. Repetiu para si mesma: "Amanhã vou ver Rufino". Usou para este encontro a hora da missa, assim não teria que explicar ao primo o motivo de sua saída. Deixaria de assistir à missa, naquele sábado, e pensou que isto seria evidentemente um pecado. Mas era por amor, o que fazia, por amor aos homens. Por amor ao seu primo e por amor a Rufino. Tinha pena de todos, receio por todos. A ela nada mais afetava, pois renunciara tanto que nem mais se apegava a coisas mortais. O mais mortal de tudo era a sua própria vida e disso abria mão cada dia mais, em seus quase setenta anos. Afinal, tinha que morrer - pensava cada dia. E estava cada instante mais perto da morte. Os moços é que esperneiam, eles têm razão. No entanto, amava a vida e se regozijava por ela, em sua solidão cada vez maior. Ocupava-se dos outros, com pequenos cuidados, sabendo que certamente partiria antes de todos.

As ausências de Rufino tinham deflagrado, no ambiente daquela casa morta, um movimento inusitado de vida. A angústia do primo, eu seja, a sua ressurreição pelo protesto e pela surda reivindicação, moveu as estruturas do ambiente. Daí começara a decadência de Raimundo, como quem movesse demais as águas onde uma flor delicada vicejasse e, com este mover, lhe desentranhasse as raízes e a vida. Ainda se o primo estivesse feliz com este frêmito de revolta íntima! Não, pelo contrário. Não podia permitir que ele despertasse, porque se perderia de sua pintura e não encontraria outra âncora. Tudo por causa de Rufino. - Rufino tinha que entender isso, tinha que entender. O primo tinha que continuar anestesiado por suas paisagens alienadas, devia procurar a síntese de si próprio através daquele caminho. O ideal seria se prescindisse de Rufino, mas isto parecia, por enquanto, impossível. Por isso procuraria convencer Rufino, ou entender o porquê de seu afastamento. Pensara em alienação, naquele momento. Era isso, o ideal seria sempre a alta alienação. A não-permanência em nada capaz de mudar. A não-vinculação a nada que pudesse fazer oscilar a segurança e o ânimo. Ânimo, ânimo. As alienações pequenas é que a revoltavam. E as ideologias terrenas sempre provocavam pequenas alienações e ofuscavam as mais altas. A absoluta alienação seria a santidade, ou seja, a perfeita integração no todo/nada. Inês gostava de ler poemas em vez de rezar e, quando rezava, repetia sempre a Salve Rainha! "A vós bradamos os degredados filhos de Eva / A vós suspiramos, gemendo e chorando, neste vale de lágrimas." Mas ainda preferia aquele verso de Ezra Pound que escrevera no marcador de seu livro de orações: "O que amas de verdade permanece, o resto é escória". Inês tinha poucas coisas para amar: Raimundo, o primo, os pombos, lembranças cada vez mais vagas e submersas. Por essas coisas lutaria, para mantê-las isentas de sofrimento. Rufino não estava em sua relação, não o amava decididamente. Mas necessitava dele para manter em ordem seu pastoreio. Teria que ser depressa, teria que ser depressa.

20

Informou-se no botequim da esquina onde era a casa de Rufino. Logo chegou ao portão e apertou a campainha. Uma moça morena veio atender:

- O que deseja?

- O senhor Rufino está?

- Rufino?

- Um senhor baixinho. Disseram que mora aqui.

- O anão?

- Pode ser.

- Mora no porão, mas não está.

- Você é Zaida?

- Como sabe?

- Rufino sempre pede a meu primo que pinte um retrato seu.

- Seu primo é pintor? Eu adoraria posar para um retrato.

Aquela informação operou uma mudança na moça. Avançou com um sorriso de sedução. A frívola vaidade de sua imatura beleza aflorava naquele interesse instantâneo. Não situou a qualidade do pintor ou a natureza da pintura, foi apenas movida pelo narcisismo de poder ver-se de outra forma e de poder propor sua imagem aos outros, entronizá-la na parede principal de sua casa, como uma santa.

- Onde mora seu primo? Quer que eu vá lá? Quando?

- É melhor falar com Rufino, ele é que pode resolver isso.

- Jamais pensei que pudesse...

- Sabe a que horas ele está em casa?

- Não sei nada dele. Para falar a verdade, raramente o vejo.

Inês se dispunha a voltar, quando viu Rufino surgir na ladeira.

- Lá vem ele. Desculpe tê-la incomodado.

- Foi um prazer.

Inês desceu a rua. Zaida colocou-se atrás da porta, espreitando por uma fresta, vendo Rufino realmente pela primeira vez ou com novos olhos. Viu quando Inês chegou perto de Rufino e que conversavam intensamente, sem se tocar. Ela deve não gostar dele, pensou. No entanto, eu nem sei se gosto ou não. Eu não havia pensado nisto.

Ficou assim, como um animal, à espreita desta nova experiência, e viu ainda quando Rufino e Inês sentaram no muro baixo de uma velha casa, embebidos numa conversa aparentemente séria.

- Por que é que você deixou de visitar nossa casa?

- Falta de tempo, Inês.

- Eu conheci Zaida, há pouco.

- É mesmo? Que achou?

- Linda.

- Linda mesmo.

- Meu primo quer pintá-la. É um presente para você.

- Já não estou interessado no retrato de Zaida. Nem em Zaida.

- O que houve?

- Não houve nada.

- Isto não tem nada a ver com meu primo?

- Tem a ver com Zaida.

- Você tem que voltar lá em casa.

- Não encontro nenhum escaravelho, nenhum besouro azul, nada, nada.

- Você tem que voltar.

- Já não tenho nenhum tesouro.

- Não importa.

- Não entendo, Inês. Teu primo quase me escravizou ... depois afrouxou a rédea. Agora eu estou livre. Ele não me fez nada, a culpa é de Zaida.

- Eu falei com ela, ela quer posar para ele. Irá o momento que ele quiser. Mas eu disse a ela que só você podia tratar disso. Só você.

- Que pena...

- Por quê?

- Porque eu já não amo Zaida. Quando eu a via como um cego, eu a amava. Depois que a vi com meus olhos, deixei de amar. Ela é muito pouco. Agora eu quero a primavera.

- O que quer dizer?

- Não posso explicar, Inês. É muito difícil.

- Meu primo falou: você quer a *Primavera* de Botticelli.

- É isso.

- Você pediu que ele pintasse a primavera.

- Sim.

- Mas ele não é Botticelli. Você está louco.

- Eu nasci errado, Inês. Todos nascem primeiro com a cabeça, eu nasci pelo traseiro. Nasci de olho arregalado, olhando minha mãe, como se estivesse cobrando alguma coisa. Até os três anos não pronunciei uma palavra e não andei. Então recomendaram uma simpatia. Fui levado para o interior de Santa Catarina e me colocaram no bucho quente de um boi recém-abatido. Sinto ainda a contração daquela espécie de ventre musculoso e visguento que me engoliu inteiro. Não sei se isto tem fundamento, mas a verdade é que, uma semana depois, eu estava andando. Agora você diz que eu estou louco. Olhe bem para mim, Inês. O que esperava?

- Prometa que vai voltar, por mim.

- Por você, por quê? Você sempre me detestou.

- Por Zaida.

- Zaida não existe.

- Você é um monstro!

- Eu sei...

Com um gesto rude e derrotado, Inês deu as costas a Rufino e seguiu caminho em direção à casa. Rufino moveu pesadamente o corpo, com os olhos brilhantes e um suspiro dolorido nos lábios. Apoiou-se no muro para não cair, seguiu o rumo do impulso e enfrentou mais uma vez a ladeira como um bicho doente que procura a toca. Teria seu porão, ainda uma vez. Agora sem os ruídos de Zaida. Pelo contrário, agora não podia ouvir os ruídos de Zaida, evitava estar em casa quando ela mais usava o quarto, cuja parede lhe trazia o código de sua presença.

Ao atingir o portão, viu abrir-se de uma vez a porta principal da casa e surgir a figura sorridente de Zaida:

- Rufino.

- Senhora!

- Eu não sabia que você pedia ao pintor lá embaixo que pintasse o meu retrato. Por que queria isso?

- Queria ver se ele sabia pintar retratos, implicar com ele.

- E por que o meu?

- Porque eu moro aqui, e é da senhora que me lembrava primeiro.

- Eu gostaria de posar para este pintor. Você me leva lá?

- Podemos ir, um dia desses.

- Marca o dia, Rufino.

- Amanhã devo ir à cidade receber o dinheiro da minha aposentadoria. Fico por lá o fim de semana. Na próxima terça-feira, podemos combinar.

- Você me procura, está bem?

- Procuro.

- Se você não me procurar, eu vou até a casa do pintor, conto a minha vida e sei que ele pinta o meu retrato.

Dando as costas à moça, sem se despedir, Rufino entrou tristemente no seu porão. Zaida nem notou que ele fugia. Estava cega pela vaidade de se ver motivo de uma interpretação daquelas. Melhor do que um retrato na revista, pensou. Nas revistas somos milhares, andando por todas as bancas de jornais. Podemos acabar numa cadeira de barbearia, num fundo de gaveta, como forro. Um retrato pintado é único, como eu sou. É um patrimônio. Mais do que uma casa ou um jardim. É o duplo da minha alma feito imagem. Quero este retrato, quero mais que tudo no mundo este retrato.

21

Raimundo percebia as coisas por um fio de conhecimento. Inês passava como um vulto distante. Quando ela se aproximava com a comida, ele aceitava a caridade. E ela dizia algumas palavras, instigando a que ele falasse. Mas ele não queria mais falar, não sabia o que dizer, nem tinha forças. No entanto, não aparentava nenhuma doença. Deixou escorregar a pasta com as cartas e os retratos. Já não sentia precisão daquelas amarras. Ignorava também as andanças do pintor, seus passeios incomuns pela sala, depois que Rufino começou a faltar. Raimundo estava entrando num túnel. Só Inês ainda conseguia que voltasse à realidade. Sentia pena dela, por não poder explicar, nem dissuadi-la de tirá-lo daquele torpor. Inês falava de seus pombos, contava que os jasmins estavam abertos e que a fonte estava coalhada de abelhas. Inês ansiava por recuperá-lo, sentia-se muito só sem ele. Raimundo então sorria, reconfortado. Jamais pensou que Inês precisasse dele. Seus olhos brilharam quando Inês contou que conhecera Zaida. Então ele correspondeu, num sussurro:

- Ela é tão linda como Rufino diz?

- É vistosa. Mas vulgar.

- Um tipo bom para Rufino.

- Ele já não a ama. Rufino está apaixonado pela *Primavera* de Botticelli.

Inês disse isso e sorriu, como se contasse uma fábula a um menino. Raimundo também sorriu e reclinou a cabeça, entregando-se à costumeira sonolência: Inês ainda tentou fazê-lo voltar à tona. Percebeu que ele voluntariamente se fechava para isso. E respeitou.

22

Rufino passou pelo café, como fazia todas as tardes. Daquela vez, enquanto sorvia o café quente, disse a Daniel:

- Hoje eu preciso te ver.

- Eu queria deitar mais cedo.

- Só meia hora. Queria te mostrar uma coisa.

- Então como sempre, à meia-noite.

- À meia-noite.

- O que é que você quer me mostrar?

Rufino apertou a camisa contra o peito:

- Está aqui, guardado. Um retrato.

Daniel sorriu, enquanto Rufino se afastava. Daniel não entendia o que o prendia cada vez mais àquele estranho homem. Talvez uma certa doçura de criança torpe, que ele comunicava. E o fulgor de uma inteligência sorrateira, com que dava vértebras ao corpo de seus atos lentos. Era uma candura, um brilho de malícia caricata, como uma criança de idade, flor precoce e experiente que despertasse curiosidade e respeito. Daniel gostava de conversar com Rufino, principalmente porque Rufino lhe dava atenção. Pela primeira vez, encontrava alguém que ouvia tudo o que ele falava e que queria ouvir realmente. Um irmão ideal seria assim, pensou Daniel. E esta história de Botticelli. O que será Botticelli? Pensava e sorria, servindo mecanicamente xícaras e xícaras de café, num exercício esvaziado de sentido e de graça. Hoje eu vou contar a minha vida a ele, pensou. Rufino vai ouvir com atenção, como se eu estivesse numa entrevista de televisão e ele estivesse me entrevistando. Aquela cara atenta e maravilhada dos que ouvem a resposta das perguntas em público. Respostas por vezes ridículas para perguntas ridículas. Se eu não sou nada, pensava Daniel, nem tenho coisas interessantes para contar, pelo menos Rufino faz de conta que tudo o que eu digo é muito importante. Para ele e, automaticamente, para mim. Daniel não conseguia perceber muito bem a situação, mas estava certo de que Rufino era uma pessoa boa e interessada nele, de uma forma como jamais tivera alguém, desde a sua mais remota infância. Por isso esperou ansiosamente a meia-noite.

23

Encontraram-se, como das outras vezes, e foram para o bar da esquina. Daniel sentia-se à vontade numa casa de negócio igual àquela da qual era empregado. Tudo lhe era familiar, com a diferença de posições. Ali era freguês. E gostava de mandar e exigir atenção. Rufino via de olhos brilhantes todos aqueles rasgos sutis de uma personalidade tão simples como a de Daniel, sempre à tona da experiência. Sentaram-se, o garçom trouxe os limõezinhos. Rufino passou os olhos pela noite como quem confere:

- A noite está mais escura hoje.

- Não tem luar.

- E quebraram a lâmpada do poste, você viu?

- Já tinha visto.

- O limãozinho está bom?

- Joia. E Botticelli?

- Está com pressa?

- Quero ver que coisa é essa.

- Tão simples. Veja.

Rufino enfiou a mão debaixo da camisa e puxou a página do livro dobrada em quatro. Abriu sobre a mesa e passou a mão cuidadosamente, tentando apagar os sinais das dobras. Despendeu nisso uma atenção religiosa. Depois olhou Daniel como quem oferece uma coisa valiosa:

- Veja.

- É essa?

- É a *Primavera* de Botticelli.

- Muito bonita.

- Parece com você.

- Mas é mulher, ora.

- Pode ser, pode não ser. Que interessa, Daniel? O que é isso ou aquilo? Uma margem ou outra? Se tu refletes uma imagem, como o espelho, o que é que tiras da imagem? O que é o espelho? Talvez Botticelli seja a tua alma.

- Deixa de loucura, Rufino.

- O que é que tu achas disso, Daniel?

- É uma figura bonita, muito bonita.

- Parece muito contigo, por isso eu queria que tu a guardasses.

- Obrigado, eu guardo. Sabe, Rufino? A minha vida é muito triste. Minha mãe abandonou a gente quando eu tinha quatro anos. Meu pai criou todos nós, sozinho. Éramos oito. Dois morreram. Vida de roça. Um de infecção no pé. Ele cortou num caco, deu bicho de mosca. O bicho cresceu e comeu o pé dele. Morreu gritando, eu não gosto de lembrar. Meu pai tentou sarar, mas não tinha dinheiro para levar ao médico. Morávamos no meio do mato mesmo.

– Por que é que você me está contando isso?

– Porque eu sinto vontade de contar, e porque você me ouve, Rufino. Você quer ouvir?

– É claro que quero. Conte.

– Pois a gente cresceu como bicho. Plantando alguma coisa para comer, meu pai trabalhando num sítio longe de casa. Os mais velhos cuidando dos mais moços. Você conhece um lugar chamado Saquarema? Pois foi naquele município que a gente nasceu. Meu pai bebia. O que ganhava em dinheiro ele bebia. No princípio, eu odiava meu pai, suas bebedeiras. Depois eu cresci e tive pena dele. E vi que a gente era tão pobre que cinco cruzeiros de cachaça davam a ele uma doideira gostosa. O resto da nossa vida era tão infeliz! Com a cachaça ele voava, sorria, não ficava agressivo, mas se desligava e ficava feliz. Tudo com cinco cruzeiros de cachaça. Nós vivíamos num silêncio incrível. Por isso eu gostei de conhecer você, Rufino. Você me ouve. Você falou comigo coisas estranhas. Você me arrancou daquele gelo. Eu pensei que nunca mais fosse falar. Ah, Rufino, você não imagina o que é isso...

– Por que é que você acha que eu não imagino?

– Sei lá.

– Minha vida foi o contrário por um lado, mas absolutamente igual por outro. Eu tinha muita gente disposta a conversar comigo, mas eu não queria falar com ninguém. Porque eu era isso que você vê, e me sentia um nada diante de todo o mundo que, sem mais mérito do que eu, tinha uma estatura normal, uma figura dessas que ninguém nota, um destino comum. Eu achava o máximo isso tudo que eu não tinha. Até que comecei a descobrir a maravilha da insônia por amor.

– Por amor?

- Amores inventados. Você sabe o que é isso?

- Você é louco, Rufino.

- Sei lá... Eu inventava amores. Foi assim que descobri Zaida e inventei sobre ela. Mas ela era muito diferente da figura que eu criei com meu amor. Quando descobri isso, fugi. Hoje ela me repugna. Olha, Daniel, eu quero mudar daquela casa. Você não quer morar comigo? Dividiríamos um quarto. Com o que você ganha e com a aposentadoria que me ficou do serviço público, a gente podia viver tranquilo. A gente conversaria muito, muito.

- Seria bom, Rufino.

- Eu não quero mais morar perto de Zaida. Ela é um verme.

- E Botticelli?

Daniel colocou na indagação um sorriso de conivência, como se começasse a entender o difícil mecanismo mental de Rufino em relação à beleza. A beleza está fora de mim - dissera o anão outro dia - mas eu sei onde ela está e isto é mais importante do que ter a beleza, ou mesmo ser a beleza. Isto Daniel não entendeu. Nem antes, nem agora. Mas Rufino voltou ao mesmo tempo, com naturalidade e isolamento:

- Botticelli está longe, tem mais de quinhentos anos. Mas tu, Daniel, me trouxeste um reflexo desta existência que um dia foi real, e que uma página de livro conseguiu instalar na minha vida de maneira tão perigosa. Eu tinha visto muitas vezes esta *Primavera*, eu a absorvia como uma lenda, como uma história contada por gente muito antiga. Só me assustei quando vi no teu rosto um sinal dessa imagem, como se tu fosses a máquina do tempo.

- Para de falar nestas coisas que eu não entendo.

- Então me conta a tua vida, que eu entendo.

- Hoje não dá mais, eu te disse que estava muito cansado.

- Eu te levo até em casa. Depois vou andar por aí. Talvez vá visitar um amigo meu, um pintor.

- Então vamos?

Saíram sem trocar palavra. Rufino remoía seu desconforto diante da noite que o conduzia até o território de Zaida. Agora uma condenação. Daniel, muito leve, havia afinal falado. Contara coisas de sua vida. E estas coisas começavam a ficar tão amadas e transparentes e próximas, que seus olhos se umedeceram de uma saudade feliz.

24

Ninguém viu aquele vulto atarracado, rondando o portão da velha casa do pintor. A janela da sala principal deixava passar a luz fluorescente. O dono da casa trabalhava ainda. Rufino empurrou o portão. Ouviu o filete de água correndo na fonte coberta de limo. Pisou as pedras bordejadas de uma grama cerrada. Andou adiante e parou envolvido numa onda de perfume de jasmim. Retomou o caminho e atingiu a varanda. Antes de entrar, espiou o interior da casa. Viu Raimundo em sua cadeira, na semiobscuridade do *living*. Numa poltrona marrom, Inês lia atentamente, à luz de um abajur de franjas de seda amarela. Na outra peça, amplamente iluminada, o pintor retocava uma paisagem aparentemente acabada. Tudo num silêncio perfeito.

Rufino empurrou a porta, sem bater. Inês levantou os olhos e conteve o ímpeto de surpresa com aquela presença.

Preferiu ficar impassível, como se a chegada de Rufino não tivesse nada de anormal, como se fizesse parte da vida da casa, como a chegada de um gato ou de um cachorro. Raimundo apenas respirou mais fundo, entreabrindo preguiçosamente os olhos e tornando a fechá-los. O pintor voltou-se com calculada lentidão e viu Rufino dirigir-se ao seu costumeiro lugar, instalando-se na banqueta e apoiando o cotovelo na mesa baixa, onde se empilhavam livros de arte e revistas. O grande relógio da sala marcou sonoramente uma e trinta do novo dia. Inês largou o livro e entrou na sala:

- Vou dormir, vocês querem que sirva um café antes?

- Se Rufino quiser.

- Não, não quero café.

Inês retirou-se sem palavra e o pintor pousou os pincéis ao lado do cavalete. Aproximou-se de Rufino, com um olhar indagativo e duro:

- Você não tem vindo.

- Falta de tempo. Problemas.

- E Zaida?

- Não sei, não tenho visto Zaida.

O pintor percebeu que perdera seu trunfo. Algo mudara fundamentalmente em Rufino. Mas fez o firme propósito de retomar o fio do interesse:

- Outra musa?

- Não, ninguém em especial. Aliás, tenho um novo amigo que quero que você conheça.

- Um amigo?

- Um jovem.

- Pintor?

- Não. Comum como eu. Trabalha num balcão de botequim.

O pintor começou a preparar um cigarro de palha, os olhos comprometidos com o meticuloso trabalho, como se naquele momento nada mais importasse que distribuir o fumo naquela palha e rolar cuidadosamente entre os dedos, até conseguir a forma perfeita do produto industrializado. Rufino quebrou o breve silêncio:

- Tenho um problema e talvez voce possa me ajudar.

O pintor parou um instante:

- Diga.

- Tenho que mudar de meu porão.

- E daí?

- Pensei no pavilhão que voces têm no fundo do quintal. Poderia me alugar?

- Há anos que aquilo não é aberto. Deve estar coberto de poeira e lixo.

- A gente limpa.

- Não sei. Desde que morreu minha mulher... ela morreu lá, você sabia?

- Inês me contou.

- Desde que ela morreu, nunca mais fui lá. Não gostaria de mexer naquilo.

- Se é assim, muito obrigado.

Rufino levantou-se para sair. O pintor impediu:

- Espere. Isto não quer dizer uma negativa. Podemos pensar.

- É para mim e Daniel.

Rufino avançava na pretensão, sentindo o quanto o pintor necessitava da sua presença. O pintor, por sua vez, conscientizou que esta forma seria a mais certa de ter Rufino perto, diariamente, sem problema, sem fugas imprevistas.

Suas últimas paisagens tinham sido feitas numa solidão dolorosa, sem o olhar percuciente e participante do visitante. Era como trabalhar em vão.

- Daniel é o novo amigo?

- É

- Ele também teria que vir?

- Também.

- Você quer ver o pavilhão, agora?

Rufino, sem responder, levantou-se e passou para a cozinha, cuja porta, dando para os fundos da casa, era o acesso mais prático ao velho pavilhão abandonado. O pintor foi atrás. De passagem pela cozinha, apanhou um molho de chaves num prego atrás da porta. Fora, desceram umas escadas de pedra com vasos de avenca em cada canto. Um grande sapo viu a passagem dos dois sem se mover. O pavilhão estava parcialmente coberto de moitas de vegetação selvagem. O pintor afastou uns galhos maiores e quebrou outros, rodando finalmente a chave na fechadura enferrujada. A porta cedeu à pressão de seu ombro, erguendo, ao abrir-se, uma nuvem finíssima de poeira. Um pássaro noturno voou assustado, cruzando o vidro quebrado de uma janela sem veneziana. O pintor apalpou um móvel, na entrada, procurando alguma coisa.

- Aqui está. Um castiçal com uma vela.

Riscou um fósforo e acendeu a vela. Viram então o pequeno ambiente: uma arca com um santo, no qual as aranhas tinham fixado os fios de suas teias. O tapete, duas poltronas, um balcão com objetos vários, almofadas roídas de traças. Tudo, à luz da vela, apresentava a mesma cor de poeira, como uma caixa de frutos cristalizados e monocrômicos. O pintor falou:

- Está vendo?

- É muito bom.

- Ela morreu aqui. Um colapso. Há cinco anos que eu não entrava aqui. Tudo está como ela deixou.

- A gente limpa, eu compro duas camas.

- Você promete que seu amigo não vai invadir a casa?

- É um rapaz muito quieto e educado.

- Não quero estranhos em nossa vida.

- Ele trabalha o dia inteiro. Sai cedo e volta depois da meia-noite. É um rapaz muito pacato.

Rufino percorreu a sala, seguindo a indicação da chama da vela. Num canto mais escuro, havia um quadro. Rufino perguntou:

- E este quadro?

O pintor deu dois passos e ergueu a vela, iluminando o quadro que representava uma mulher de grandes olhos negros, com um casaco escarlate, pintada sobre um fundo verde-escuro.

- É um retrato dela. Foi eu quem pintou. Depois disso nunca mais pintei retratos.

- É lindo!

- Vou retirá-lo daí.

- Se quiser deixar...

- Não, não quero.

Incontinenti tirou o quadro da parede, voltando a imagem contra seu próprio corpo, como se não quisesse que ninguém, nem mesmo Rufino, se lembrasse mais daquele rosto. Então convidou Rufino a sair dali, como se não suportasse o ambiente, como se estivesse asfixiado. É a poeira, disse ele. Mas não era. Era a agulha da lembrança que se infiltrava em sua têmpora, inflando uma veia marrom que desenhou em seu rosto um mapa, como as nervuras de uma planta. Apoiou-se numa pinha de cimento, no primeiro degrau inferior da escada. Rufino perguntou se ele estava sentindo alguma coisa. Tranquilizou o amigo: "Não é nada, é cansaço. Tenho trabalhado muito". Logo se refez, assumindo a costumeira frieza. Retomou o caminho da casa, sempre apertando contra o peito o quadro com o retrato. Rufino, atrás, observava-o, como se o visse pela primeira vez. Entraram na casa e o pintor, antes de alcançar a sala, pediu a Rufino que esperasse um instante e entrou num corredor escuro que dava para uma despensa. Abriu uma prateleira alta e escondeu lá o retrato da mulher. Depois voltou, sacudindo das mãos a poeira do pavilhão. Rufino, na sala, folheava o livro de pintura. Ergueu os olhos, à primeira frase do pintor:

– Você pode mudar quando quiser, desde que faça a limpeza no pavilhão.

– Amanhã mesmo eu começo.

– Você nunca mais me trouxe insetos.

– Andam raros. Mas vou ensinar Daniel a procurá-los. Ele é jovem. Tem mais resistência.

– Você prometeu que ele não entrará aqui.

– Cumprirei.

Rufino se despediu. Já eram quase três da madrugada de uma noite sem estrelas. O pintor fechou as janelas da sala, vendo o vulto de Rufino desaparecer no portão. Apagou as luzes e foi dormir pensando "amanhã eu destruo este retrato".

25

Silêncio perfeito. Zaida estaria morta? Nenhum sinal de vida na casa. Tudo estaria encerrado? O tempo, a noturna vida dos seres minúsculos do jardim, o próprio vento. Rufino sentia como se de repente saísse de dentro de sua própria roupa, e crescesse - como a primavera forçando o coração da natureza. Botticelli. Achou-se insuportável na nova idealização de beleza. Não conseguia mais imaginar seu corpo real, uma nova dimensão crescia nele, estimulada por aquele silêncio. Antes era como um sol de fagulhas sondando qualquer sinal de vida. Zaida era, então, a vida. Agora Zaida era uma pedra naquele silêncio. Uma lembrança informe à qual era impossível aplicar lembranças afetivas. Já nem sentia por Zaida aquela repulsa do primeiro instante de traição. Agora distante, pensava "o que Zaida terá traído?". O que ela nem sabia, certamente. O amor que ele secretamente amoldava com treva e suor. Zaida também era inocente, mas não estava nisso o motivo pelo qual, antes ou depois, se relacionara com ela. Uma relação unilateral, reconhecia agora, da qual esperava um comportamento sibilino. Ela não era uma daquelas sibilas que viviam no transe divino sem terem visto Deus. Ela era uma mulher comum, talvez isso ele não tivesse suportado. Ela não tinha aquela ausência presente e dolorida do rosto de Daniel, servindo o cafezinho como se fosse a própria máquina do tempo, como se fosse a própria luz da *Primavera* de Botticelli, de repente aprisionada numa imagem artificial e teleguiada. Daniel não tinha uma alma de alegria, como Zaida. Mas tinha um túnel, um abismo. E era mais fácil para Rufino transitar nesta solidão despojada e tensa. Rufino sentiu-se pairando no ar, feliz e liberto. Se a morte fosse assim, esta euforia. Ficou longo tempo fruindo esta sensação, assumindo a posição do morto. Voltou a si com os saltos dos cães à sua porta. Os animais latiam e arranhavam a madeira, pousando as grandes e ruidosas caras nos vidros da janela baixa. Rufino voltou à realidade, mas aqueles cães fantásticos, os cães de Zaida, pareciam reivindicar alguma coisa. Talvez o amor perdido por sua ama. Estavam de repente agressivos e Rufino pensou que eles tivessem percebido o rompimento dele com aquele mundo sombrio e úmido, aquela casa atravessada de sombras e forrada de trepadeiras, que encarcerava a imagem ideal de Zaida, desfigurada para sempre. Ele era definitivamente um estranho, e os animais estavam sentindo isso, e o cercavam como a um estranho. Os olhos dos cães brilhavam na escuridão, iluminados pela voracidade e a vigília. Eles ainda amam Zaida, pensou Rufino – eles estão num estágio abaixo do meu, e, para eles, Zaida é uma deusa, e jamais se decepcionarão porque são almas aprisionadas numa ausência de fala, apenas conduzidos por uma lealdade primária e cega. Rufino pensou, naquele momento, em redescobrir Zaida e matá-la. No mesmo instante, deu-se conta de que a ausência de amor, agora flutuando em sua memória, era uma eliminação anterior à morte, mais fatal e triste do que o próprio crime. Estava assim manietado até para o crime. Foi quando ouviu o violão de Zaida, derramando no silêncio uma canção plangente. Os cães serenaram e sumiram entre as moitas como espíritos malignos de repente aplacados. A voz de Zaida não se fez ouvir. Apenas um murmúrio triste, uma *bocca chiusa* pela qual ela tentava corporificar uma espécie de alma que ansiava transpassar sua carne e ressuscitar a frieza da noite. Rufino foi juntando assim os poucos trapos que lhe restavam, numa trouxa acanhada e encardida. Alguns trocados que contou e enfiou no bolso do colete. Depois partiu pela rua deserta, em direção à casa do pintor.

Ao dobrar a esquina, olhou para trás e teve a sensação perfeita de que a casa de Zaida já não existia, de que fora um sonho de seu passado. Na verdade, as lágrimas nublavam seus olhos e a imagem da casa se perdia nesta névoa líquida, desfazia-se no horizonte fechado, integrava a massa de árvores e arbustos que selvagemente cobria qualquer vestígio de que tivesse havido ali uma presença humana. Pensou com tristeza nos insetos vivos e mortos daquele horto decepado, com os quais comprara, durante tanto tempo, o direito de desejar um retrato de Zaida. Agora perguntava-se quem fora Zaida, e não sabia sequer explicar.

26

Daniel chegava tarde da noite à nova residência, o pavilhão da casa do pintor. Seus passos, como os dos gatos, mal se deixavam perceber. Era apenas um vulto deslizante, em direção a um alvo cego. Via de longe a luz bruxuleante do lampião de Rufino, que o esperava. Ao aproximar-se, aspirava o cheiro do café feito há momentos. Daniel pensava no que o aproximava tanto de Rufino, e só podia atribuir este afeto à realidade de não ter tido, até aquele momento, uma pessoa com quem pudesse trocar vivências. Era uma construção do silêncio sua juventude. Não se impressionava com a lenda de Botticelli com que Rufino o envolvia. Aceitava a história como uma centelha de loucura de seu estranho amigo. Não se incomodava com a história, mas não assumia o personagem que Rufino perseguia com uma avidez de ressurreição. Para Rufino a imagem de Botticelli era a compensação de Zaida.

Conversavam pouco todas as noites. Daniel tomava o café quente com os pães que trazia do botequim, lia revistas de histórias em quadrinhos e adormecia. Ouvia a voz de Rufino falando as coisas do dia, ou do pintor:

"Ele já não pinta mais, Daniel. Acho que está doente. Tudo nesta casa está doente e eu tenho medo de que este navio ponha-se ao largo, com todos os seus tripulantes, e um dia a gente amanheça sozinho, neste pavilhão, como testemunhas de um prodígio. Ele já não pinta mais, Daniel. Suas paisagens eram lindas. Que pena que ele não permita que tu vejas as centenas de quadros que amontoa na despensa. Tem coisas lindas, Daniel. Eu gostava de ver quando ele abria com a cor aqueles lagos e rios, os bosques arborizados que jamais vi em minha vida. Ele podia criar tudo isto, e para mim era como um deus. Imagina, poder criar todo o dia um mundo novo e poder morar neste mundo, com a emoção envelhecida que a gente traz do cotidiano tão desgastado. Tu não podes entender, Daniel. Isto também é uma pena. Tu não levantas os olhos destas revistinhas e teu rosto não se comove com nada do que eu digo. Pareces mesmo o retrato da *Primavera* de Botticelli, enterrado na reprodução. Mas, daquele quadro, o personagem pelo menos olha para mim, e tu nem ergues os olhos desta leitura mesquinha. Ele já não pinta mais, Daniel. Hoje eu fui visitá-lo e levei um caramujo vazio, pequenino, que ele rolou entre os dedos, comprimiu e esfarelou. Não foi uma desfeita, não. É que ele está sofrendo, por já ter perdido o interesse até pelos mundos inventados pelos quais se evadia, e nos quais eu me instalava como sua única testemunha. Naquele tempo, eu tinha também a consciência de Zaida e eu o abrasava com meu deslumbramento. Agora eu tenho um amigo, Daniel. Você, Daniel. Está me ouvindo? E você é mais real do que ele. Você não é um fantasma. Ele sabe disso. É incrível, Daniel, que você fique mergulhado nesta leitura absurda e nem se comova com o que eu conto do meu amigo que já não pinta mais e que, assim sendo, quase já não existe. Ah, se você pudesse compreender..."

Logo Daniel inclinava a cabeça cansada e lentamente se acomodava no sofá macio. Rufino estendia por sobre ele uma colcha de chenile cor de abóbora, baixava a luz do lampião e ia ainda uma vez ver o pintor, na esperança de que algo tivesse acontecido. Encontrava-o rolando o cigarro entre os dentes, olhando a noite, como se algo pudesse surgir daquele muro escuro. Sentava-se na mesma cadeira de sempre. Rufino via a tela em branco no cavalete e folheava o livro de arte. O que será de nós, pensava Rufino, vendo o vulto de Inês em sua cadeira preguiçosa, mergulhada numa leitura incessante e serena. Ela apenas levantava os olhos para vigiar Raimundo que, por sua vez, mergulhava cada vez mais num sono letárgico. Quem tecia sobre eles aquela rede escura e sufocante? Rufino pensava "Eu tenho Daniel". Isto o deixava à tona, respirando, Daniel era um ser da outra margem e, por isto, se salvava e salvava Rufino, que podia abranger uma outra realidade desobstruída. Com o gesto mecânico de folhear aquele livro, e sempre aquele livro de reproduções de antigos quadros, Rufino mergulhava também no seu abismo e se deixava ficar com uma voltagem e uma febre semelhantes às dos seus companheiros de alta noite, naquela casa agonizante. Estava assim quando Inês entrou na sala, com os olhos cintilantes e um *rictus* severo no lábio. Sua palavra veio cortante e mansa, sem tristeza: "Raimundo morreu". Ficou, por um momento, reclinada no silêncio que se seguiu à comunicação. O pintor olhou para ela com um acento raramente humano. Rufino mordeu o lábio. Inês permaneceu ligada àquela mágoa comum. Logo falou nos pombos: "Hoje também perdi meus pombos. Foramse. Eu pensei que pudesse ficar com eles, como uma âncora com a realidade. Mas eles nasceram, cresceram e partiram. Agora só tenho meus livros, pois Raimundo também partiu. Eu não sou um animal, como os pombos. Eu não posso partir, nem crescer. Eu estou cravada neste espaço, e até sou feliz".

Ninguém se moveu. Inês pegou de um castiçal que iluminava a sala e levou-o para o canto onde estava a cadeira de Raimundo. Colocou a luz ao lado do amigo, inclinado como sempre contra o peito, numa atitude tão costumeira que ninguém da casa diria que estivesse morto, pois na verdade já estava assim há muito tempo. Inês puxou uma cadeira e sentou ao seu lado. Ajeitou o cobertor sobre suas pernas, como se o pudesse aquecer. Em seguida, prosseguiu a leitura interrompida. Na sala escura, Rufino e o pintor respiraram juntos mais uma hora de treva.

27

Eu sou Zaida.

Minha mãe me deu este nome por causa de uma cartomante. Desde que eu sei de mim, tomei conhecimento da ausência de meu pai, o que deflagrou em minha infância uma sensação de medo. Minha mãe era frágil e dependia muito da sorte lida nas cartas encardidas, especialmente do ritual de madame Zaida. Todas as quartas-feiras íamos lá, num casebre perto da praia. Madame Zaida usava umas saias largas e longas, uns aros de ouro nas orelhas, e os cabelos oleosos e sujos caindo pesadamente nuns ombros morenos e marcados de manchas de sol. Ficávamos sempre na saleta de entrada. Madame Zaida e minha mãe conversavam baixinho, e eu me distraía brincando com um gatinho branco que me arranhava as pernas, ensaiando ataques lúdicos sem qualquer consequência. Às vezes eu parava e ouvia a voz sensual de madame Zaida contando à minha mãe o aparecimento de uma rainha na trilha de um protetor militar, enquanto dispunha as cartas, acenando com um futuro mais feliz para nossa vida mesquinha e limitada. Eu tinha só um vestido de passeio, já puído da lavagem, e um casaquinho de lã com gola de pele de coelho, para os dias de inverno. Minha mãe saía muito e eu ficava brincando com os filhos da vizinha, que me obrigavam a cantar e representar arrastando trapos, coroada de papelão como uma rainha de mentira. Minha mãe voltava sempre muito tarde. Mas parecia feliz. Só saíamos juntas para ir à casa de Zaida e ouvir promessas de viagens e de cartas com notícias de heranças impossíveis.

Quando eu tinha quinze anos, houve uma grande festa popular na cidade e o dono de um espetáculo de "transformação" me convidou para ser a mulher-macaco. Vestiu-me com um biquíni de veludo amarelo e me colocou numa jaula. Sob o efeito de espelhos, ia sendo refletida sobre meu corpo a imagem de um gorila. Logo eu era substituída por um homem vestido de gorila, sem que os espectadores percebessem, no escuro, a realidade do truque. Eu gostava de ver o pânico, o terror, na cara dos espectadores, alguns fugindo porta a fora da tenda do espetáculo, quando o gorila ameaçava avançar para fora da jaula trepidante. Depois tudo voltava ao normal e, finalmente, era a minha imagem seminua que apaziguava os ânimos. Então eu comecei a amar meu corpo, a reconhecê-lo como uma coisa harmoniosa, cheia de vida e mocidade, capaz de se exibir sem pudor e sem mancha, sem possibilidade de remorso ou vergonha. Eu tinha ímpetos de me mostrar nua, e quando o meu patrão, uma noite depois do espetáculo, desabotoou o meu biquíni, não esbocei a menor reação para detê-lo. Sorrindo, deixei que me apalpasse e gostei do vigor de suas mãos grosseiras e da expressão de embriaguez com que me envolveu, num abraço trêmulo e rude. Deixei que me possuísse. A própria dor física daquele momento me pareceu inevitável, como a abertura de uma porta num muro, sem a qual seria impossível abarcar a dimensão exata do mundo. Não voltei mais para casa e parti com o dono da tenda, e fui a mulher-macaco em inúmeras cidades pequenas do Estado do Rio, até que, numa praça de um subúrbio do Rio de Janeiro, chamou-me a atenção a figura de um jovem entre os espectadores. Seu rosto me era familiar. Com certo esforço, identifiquei a imagem reproduzida na capa de uma revista de fotonovelas. Quando saí da tenda, depois de encerradas as várias sessões daquele rápido e primitivo espetáculo, vi o rapaz sentado num banco, perto de uma figueira. Seus olhos brilhavam na noite e eu entendi que me chamava. Fui ao seu encontro, sentei-me ostensivamente ao seu lado e falei:

– Gostou do espetáculo?

– Gostei de você. Podemos bater um papo?

– Dobre a esquina e me espere perto da ponte.

– Por quê?

– Meu patrão não pode nos ver juntos. Vá.

Ele obedeceu. Em seguida estávamos juntos, livres de qualquer temor. Quando me aproximei, ele não disse nada. Olhou-me fundo nos olhos e me beijou. Depois disse:

– Não era isso... não vá pensar. Pelo menos não era apenas isso. Eu queria lhe fazer uma proposta.

Eu não falava. Não entendia bem o ritmo daquela voz que me revelava uma pessoa diferente de todas que conhecera até então. O rosto era de um herói, não sei onde o vira pela primeira vez.

Ele me contou que trabalhava na Televisão. Que viera àquela cidade para filmar umas cenas. Então me lembrei, era de uma novela que eu lembrava aquele rosto. Toda a figura se recompôs dentro de mim, como um jogo de quebra-cabeças de repente resolvido. Comecei a ver nele o personagem, até perguntei por determinado momento da história. Ele riu e me pediu que pensasse nele como num ser que começasse ali. Que o personagem era um pretexto. Ele até se zangou quando eu insisti em perguntar sobre um relacionamento sentimental ligado à história. "Não seja burra" - ele me disse e eu fiquei encabulada e triste. Ele riu. Depois me disse que ficara impressionado com o espetáculo da mulher-macaco. Disse que eu sorria tão triste antes de começar a metamorfose, e que tinha um ar glorioso depois de tudo acabado, como se tivesse recuperado minha forma primeira. Disse que meu corpo era lindo e que me desejava. Nada disso me ofendeu. Tampouco tive desejo de ficar com ele, como fazia com os rapazes, depois de ter sido iniciada no sexo por meu patrão. Acho que até então eu não sabia o que era o sexo, o mistério que pode haver atrás das carícias. Intrigava-me o ar de sofrimento que encarnávamos, eu e o meu par, quando se estava no laço do prazer. A gente gemia e se contorcia como se estivesse sendo torturado. Isto sempre me deixou aflita. No entanto era tão bom! Comecei a imaginar como seria com ele. Ele me disse o nome: Ricardo. Depois me propôs que fosse com ele, não poderíamos viver juntos, mas ele me empregaria e nos encontraríamos sempre, como dois amantes.

28

Fui, com a roupa do corpo. Nunca mais vi o dono da tenda da mulher-macaco. Senti falta, nos primeiros dias, daquela recuperação de mim mesma, depois de me ver transformada num monstro cabeludo e temível. Era com alívio que eu me via de novo visível e agradável. Eu sabia que era um truque, mas sempre tinha medo de que o truque falhasse e eu não voltasse mais à minha forma real. Mas qual seria a minha forma real? A dos primeiros anos na casa da cartomante? A da mulher-macaco? A de amante de Ricardo? Ricardo me devolveu uma noção inédita de mim, do meu ser. Era mais do que o meu corpo. As primeiras horas que passamos juntos e sós foi como se esperássemos o fim do mundo. Ficamos olhando o teto. A mão dele pousou sobre o meu ventre e não se movia. Ele fumava. Eu experimentei um descanso, como jamais em minha vida. Uma segurança. Queria que ele fosse meu homem, para sempre. Ele me levou à Televisão, apresentou-me aos amigos como sua garota. Conseguiu com o produtor de uma novela várias "pontas" para mim, geralmente mostrando o corpo. Ele falava de mim como se fala dos cachorros de raça. Dizia ao diretor: "Observe que carne, tão diferente destas garotas flácidas que chegam aqui com olhos mortiços e mãos experientes; Zaida é como um bicho, natural e linda como um bicho; explore isto". Eu sabia que ele não abusava de mim. Quando dizia para explorarem isto era querendo revelar uma coisa que só ele sabia e que me dizia quando estávamos sós e nus. "A tua carne é como o princípio de tudo. Não me lembro de ter amado antes com tanta alegria." Eu repito as palavras dele, todas as palavras dele. Muitas eu não entendia, mas sentia que era feliz como nunca, junto dele. Assim passamos alguns anos. Até que ele casou no interior de Minas Gerais, com uma prima. Quis continuar comigo, mas eu não quis. Chorei muito e voltei à minha antiga vida. A esta altura eu já sabia me movimentar melhor, tinha várias propostas e até a perspectiva de um bom papel numa novela em preparo. Aprendi música. Encontrei amigos de vários tipos. Ganhei dinheiro. Não, nunca fui uma prostituta. Mas admiti que certos senhores me dessem vestidos, joias e pagassem meu aluguel, como qualquer marido faz, ou como meu pai faria. Mas por que é que eu estou lhe contando estas coisas?

O pintor olhou para o rosto de Zaida, aclarado por uma ânsia luminosa:

- Você quer que eu pinte seu retrato.

- É isso... é por isso que eu lhe contei minha vida. Não é mais fácil?

– Eu não gosto de pintar retratos. Desde que pintei o retrato de minha mulher e a vi definhando sem motivo, à medida que o retrato ia crescendo na tela. Eu a amava.

– Eu não quero morrer.

– Você não merece morrer. Além do mais, Rufino não quer mais o seu retrato. Era por ele que eu faria.

– E por mim?

– É diferente. Você conhece Rufino?

– Muito pouco. Ele nunca deixou que eu me aproximasse.

– Mas ele amava você.

– Me amava?

– Só vivia em função de você. Até que apareceu Daniel.

– Quem é Daniel?

– Um amigo que conheceu num café.

– Ele me trocou por Daniel... quero conhecer Daniel.

– Seria bom que o conhecesse, para entender.

– Entender Rufino?

– Quem sabe. Daniel trabalha no café Estrela de Ouro.

– Você não vai me desenhar?

– Hoje não, ainda não. Há dias em que eu não consigo fazer nada. Perdi o rumo. Não entendo estes pincéis, estas tintas, estas telas brancas. É como se eu não fosse mais aquele de antes.

O pintor voltou-se para o janelão que dava para o parque, como se Zaida já não estivesse ali. Ela entendeu e não tentou mais nada. Levantou-se decidida a visitar o café Estrela de Ouro e ver Daniel. O pintor sabia disso e algo renasceu nele, o lume da intriga. Era preciso deslocar Daniel daquele espaço afetivo, talvez Zaida fosse um instrumento ideal para isso. Talvez conseguisse deslocar os dois de uma só vez, Zaida e Daniel, e Rufino voltasse para ele, entendendo que só podia ter segurança ali, naquela sala, como espectador silencioso daquelas invenções. Se recuperasse Rufino, teria ainda inspiração para novos mundos. De qualquer forma, a perspectiva de aproximar Zaida de Daniel já lhe deu um ânimo novo. Acariciou os pincéis. Olhou a tela como se discernisse algum esboço. Pegou o carvão e traçou uma curva irregular, talvez a forma de um rosto. Zaida já havia partido.

29

O Estrela de Ouro agitou-se com a entrada de Zaida. Lugar frequentado pelas empregadas domésticas do bairro e pelos homens de classe modesta, aquela sala encardida raramente podia ostentar uma mulher daquele tipo. Houve mesmo um silêncio agressivo quando ela se encostou ao balcão e pediu um cafezinho. Daniel serviu constrangido, a mão trêmula. Zaida, com absoluta segurança, sorveu o café, os olhos cravados em Daniel. Esfriados os ânimos do primeiro impacto, como Zaida não se movesse do canto do balcão onde se apoiara, Daniel perguntou:

- Deseja mais alguma coisa?

- Você é Daniel?

- É meu nome, por quê?

- Eu sou Zaida.

- Ah... Rufino me falou na senhora.

- E o que foi que ele disse?

- Tanta coisa.
- Quer me encontrar hoje? Preciso falar com você.
- Onde?
- No banco da praça da igreja, em frente à minha casa.
- Estarei lá. À meia-noite, ok?
- Vou esperar.

Zaida pagou e saiu. Para ela Daniel significava muito pouco, ao primeiro contato. Um tipo comum, pensou. E uma timidez. Sua mão tremia ao servir o café. Certamente destes tipos que conhecem muito pouco as mulheres. Com um certo encanto. Zaida pensou "Eu sou uma gata e vou brincar com este rato. Depois de saber tudo de Rufino, ou melhor, do que Rufino projetou através de mim e em torno de sua vida. Depois disso estou certa de conseguir o retrato". Zaida passou o resto da tarde lendo suas fotonovelas. Viu cair a noite. Aquele espaço de tempo lhe pareceu sem utilidade, como quando se espera por um momento importante, diante do qual as horas de espera são como recipientes vazios e sem sentido. Quis dormir. Relaxou o corpo. Não conseguia tirar da memória a imagem do retrato que o pintor pintaria. Idealizou-se. No seu conceito de si própria era menos vulgar e mais irresistível. Mais correta no desenho. Pensava no retrato como numa imagem do que poderia ter sido, apesar de saber que era bela e desejável. Mas atribuía a carências físicas todas as frustrações que acumulava. Entre elas, o casamento de Ricardo. Se eles eram tão felizes, e ela era assim um animal raro e de pura alegria em sua vida, por que trocá-la por uma prima interiorana? Então pensou que algo não funcionava nela. Algo estava por se completar, para que ela fosse vitoriosa na vida. O retrato revelaria isto, estava certa.

30

Zaida viu chegar a meia-noite. Vestiu-se e saiu para a praça deserta. Um vento fresco tangia a treva, um cão vadio farejava pelas moitas um estranho comparsa. Zaida respirou fundo e estendeu-se num banco, naquele instante vencida por um agradável torpor. Todo o esforço de antes, de dormir enquanto esperava aquele momento, fora inútil. Agora ali, diante do céu aberto, e talvez por isso, sentia-se invadida por uma embriaguez, uma quase sensação de felicidade, e era capaz de desligar, de dormir horas. Fechou os olhos, sentindo-se mais livre do que nunca. A última visão do céu sem estrelas ainda reforçava sua apetência para o nada. E o nada, naquele momento, era o repouso, uma coisa parecida com o absoluto da morte. Ficou assim algum tempo até que foi sacudida por uma voz:

– Zaida.

Era a voz de Daniel.

- É você?

- Estava dormindo?

- Estava descansando.

- Não levante, eu sento aqui, na grama.

- Não vou abrir os olhos também, está tão bom...

- Uma noite boa. Um vento.

- Aqui é sempre assim. Você mora aqui há muito tempo?

- Há três anos.

- E Rufino?

- Agora eu moro com ele.

Os olhos de Zaida entreabriram-se, lentos e fixos no céu.

- Por que você mora com ele?

- Porque ele é o único amigo que eu tenho.

- O que é que ele disse de mim?

- Primeiro queria que eu a conhecesse. Então me levou até o porão onde morava e mandou que eu encostasse o ouvido na parede para ouvir você.

- Ouvir?

- Como quem encosta o ouvido no peito de alguém para ouvir o coração.

Zaida cortou o diálogo com uma gargalhada. Por um momento, sua essência vulgar e primitiva sobrepôs-se ao clima de letargia dos últimos minutos.

- Me ouvir? Pela parede? Mas é um louco!

- Eu também achei. Um dia você desceu de um carro e beijou o motorista. Neste dia ele mudou.

- Ora...

- Ele não quis mais morar no porão. Convidou-me para morar com ele noutro lugar, na casa do pintor. Mas eu não vejo o pintor, nem posso entrar na casa. Só no pavilhão. Mas eu nem me importo, eu ficaria encabulado se tivesse que viver perto deles.

– Você quer morar no porão... sozinho? Eu prometo visitar você.

– Seria bom.

– Se você quiser, hoje ainda... mas tem que dormir lá. E não procurar Rufino amanhã.

– Ele sabe onde eu trabalho.

– Eu arranjo outro emprego para você. Na cantina da Televisão. Você quer? Vai ganhar o dobro do que ganha aqui. É outra vida. Pode até morar na Zona Sul, mais tarde.

– Por que você faz isto por mim?

– Porque gosto de você.

Zaida conduziu Daniel pela mão. Atravessaram a praça, o portão, o caminho estreito, a porta do porão. A mão de Daniel tremia, úmida e passiva. As unhas de Zaida cravavam em sua carne, como as garras de uma ave de rapina, e Daniel pensou nos gaviões selvagens que arrebatavam os pintos do quintal de sua casa, quando era menino. Teve certo receio, mas o perfume de Zaida, o brilho dos aros de ouro de suas orelhas, a proximidade de sua pele azeitonada, davam-lhe uma curiosa sensação de sensualidade, como se todo o seu ser estivesse movido por ondas controvertidas. Era o frio do temor, o suor, e a ânsia de envolver. Sua pouca experiência amorosa deixava-o à mercê daquela pantera que se desnudava com ardor e precisão, manejando o espaço como numa dança de lenços de seda. Daniel superou o primeiro momento de tremor e, como quem mergulha no abismo, consentiu naquele arrebatamento, com uma inocência natural. Então desabrochou nele um estágio do homem ainda não revelado. Da consciência tátil de sua posição naquele jogo, cresceu um novo corpo, um novo ímpeto, e Zaida foi arrefecendo, sorrindo, aberta como uma flor noturna à música dos insetos. Na treva do catre úmido, consumaram aquela fusão agitada, combatente e cúmplice. Respiravam fundo e uníssonos, como que sugando os fios da vida, num momento supremo e total. Depois serenaram, perfeitos. Daniel era outro ser, e certamente Rufino não reconheceria nele, naquele momento, o rosto da *Primavera* de Botticelli. Zaida chorava em silêncio, o rosto voltado contra a parede.

31

Naquela noite Rufino não dormiu. Foi várias vezes ao ateliê do pintor, que voltara ao seu trabalho. Mas Daniel não chegou. Andou pelo jardim, observou a treva com seus estalos misteriosos, imaginou os mundos que circulariam por aqueles âmbitos de sombra, as vidas e as mortes em constante sucessão naquelas tramas de folhas e pedras dissimuladas. Onde andaria Daniel? Rufino auscultou tanta coisa ainda não pressentida em seu caminho. Sentiu um vazio deprimente. Onde estaria Daniel? Chegou a madrugada e viu o pintor dirigir-se silenciosamente para seu quarto e apagar a luz da sala. Então, como um trapezista que perde de repente o balanço aéreo, Rufino sentiu-se desabar. Sentou no primeiro degrau da escada da varanda e esperou. Na rua deserta, nenhum sinal de vida. Olhou o portão e pensou em sair para procurar Daniel. O portão tinha umas das partes aberta.

Mas ele sabia que se saísse encontraria outra porta aberta, e mais outra, e tantas quantas imaginasse, mas em nenhuma delas o resultado. A realidade de Daniel. O que teria acontecido? Teria sido acidentado? Estaria bebendo no botequim da esquina? Andou pela rua o suficiente para verificar que o botequim já havia fechado. Dirigiu-se até a praça da igreja, diante da casa onde morara antes, e até imaginou voltar ao porão, pelo menos naquela noite sem Daniel, pois não suportava o pavilhão sem seu silêncio, seu sono, sua juventude limitada e passiva. Se dormisse no porão, não sentiria tanto a ausência de Daniel, e podia ser que ele aparecesse logo, para justificar toda a mudança em sua vida, e reinstalar as coisas em seus lugares. Chegou a aproximar-se do portão da casa, mas foi recebido pelo latido dos cães de guarda, que, no primeiro momento, não o reconheceram. Rufino pensou: "Estes cães sabem que eu traí a casa, e eles amam a casa, dariam a vida por ela". Voltou para o seu pavilhão. Deitou-se na cama com a roupa do corpo. Já clareava o dia quando ele dormiu, vencido pela exaustão.

32

No porão, Zaida viu a luz da madrugada chegar e se debruçou sobre Daniel. Ele dormia e não se moveu. Então ela pensou: "Se eu ficar com ele, apenas me vingo de Rufino. Mas não é isso o que me interessa mais. O que eu quero é o retrato. A vingança de Rufino vem depois, e já me sinto vingada. Tenho que conseguir o retrato, e Daniel é uma peça importante nesta jogada".

Daniel despertou minutos depois e procurou o corpo de Zaida. Encontrou a moça e a reação de uma presença viva. "Está amanhecendo?" – perguntou. Ela respondeu:

– Está.

– Você vai tratar hoje do meu novo emprego?

– Vou.

– E onde é que eu vou morar?

– Eu estive pensando...

- Sim?

- É bom que você fique ainda com Rufino.

- Como é que eu vou explicar?

- A noite fora? Afinal, você é um homem. Diga a verdade.

- Sobre nós?

- Não, isto não. Por enquanto, não. Rufino faria qualquer coisa por você?

- Eu acho que sim.

- Então escute bem. Eu quero que você peça a ele que insista junto ao pintor para pintar o meu retrato.

- Então eu terei que falar em você.

- Não, só se for necessário. Diga que gostaria de ver o pintor pintando um retrato. Um retrato que poderia ser o meu... entendeu?

- Ele antes falava tanto nisso.

- Então. Você faz como se apenas se lembrasse do nome do modelo que ele antes nomeou.

- Entendi...

- Agora vá. Rufino deve estar preocupado com sua ausência.

- E o nosso trato?

- Só depois do retrato. Quando eu tiver o retrato em minhas mãos, a nossa vida recomeça. Como imaginamos e queremos. Uma outra vida.

33

Pouco depois Daniel deixava o porão e enfrentava o dia aberto. Trilhou o conhecido caminho até o pavilhão e viu, ao passar pelo jardim da casa do pintor, a figura de Inês, com calças compridas e uma camisa leve, um chapéu de palha à cabeça, vasculhando com uma varinha as moitas e tufos de ervas junto ao gramado. Inês também percebeu-o e chamou:

- Jovem!

- Senhora...

- Quer me fazer um favor?

- Qual?

- Está vendo aquele galho de parasita florida?

- Estou.

- Quer subir e tirá-lo para mim? Tenho um xaxim na varanda do meu quarto. Vou replantar lá.

Daniel galgou os galhos fortes da árvore troncuda e, num minuto, tinha nas mãos o belo ramo de parasita que se debulhava em flores vermelhas. Inês agradeceu e perguntou:

- Você não dormiu? Está com uma cara...

- Fiz serão.

- E Rufino?

- Deve estar dormindo.

- É bom ter um amigo, não é mesmo?

- É bom.

- Eu tive um, mas ele morreu. Eu tive muitos, antes dele, mas acho que não terei mais nenhum daqui por diante. Sou uma velha. Raimundo foi meu único amigo nos últimos anos. Morava naquela cadeira da sala principal. Mas ele se cansou da vida e apagou.

- Ele era feliz?

- Eu nem sei... ele não se queixava. Outra coisa que eu não sei é como vou ficando, vendo tanta gente que se vai. Raimundo foi um golpe sério. Éramos tão sós, os dois, nesta casa, que eu pensava ser eterna com ele. Um homem que tinha como propriedade uma cadeira, uma pasta de lembranças, e que respirava tranquilo dentro disso.

- Ele tinha você.

- Como você tem Rufino.

- Não sei.

- Eu acho que é... eu acho. Eu sou mais livre. Eu era mais livre do que Raimundo. Mas o que mais me agradava era entender que ele se libertava através de mim. Ele voava com a minha emoção. Era um amoroso.

- A senhora o amava?

- Acho que sim. O que será o amor... eu sempre gostei de amigos homens e os amei a todos. À minha maneira.

Daniel olhou aquela mulher pela primeira vez. Ela, apesar da idade, lhe pareceu imensamente jovem, sobretudo quando sorria. Mais jovem do que Zaida - pensou ele. Quando Inês sorria, vinha uma luz que ele não sabia explicar, mas que fazia bem. Ela indagou:

- Você quer um café?

- Não posso entrar na casa.

- Por quê?

- Foi a condição que o pintor impôs para nos deixar morar no pavilhão.

- Você vem pelos fundos, senta à mesa da cozinha e eu esquento um bom café para você, para reanimar. Você está abatido. Quanto ao meu primo, o pintor, ele também não gostava de Raimundo, nem sofreu com sua morte. Estou acostumada a manter os indesejáveis respirando neste mundo complicado. Venha comigo.

Daniel obedeceu, um pouco por causa do café, um pouco pela curiosidade em torno de Inês. Ela falou muito, como se não falasse há muito tempo:

"Eu também estou aqui, como uma prisioneira, mas já me acostumei. Você sabe que a gente cansa de ser livre? Pelo menos esta liberdade de sair e chegar à hora que quer, de ter um espaço onde se pode perpetrar todos os atos censurados. Você está me entendendo? Acho que não entende tudo, mas eu vou falar. Porque sua cara me comove. Você é tão bonito. Eu sei, Rufino disse que você é a *Primavera* de Botticelli. Não ria, é quase verdade. Você não tem a alegria de uma primavera. Mas você tem a inocência da *Primavera* que Botticelli pintou, uma inocência cheia de presunção maliciosa. Só presunção. Você pensa que é sabido, que é malandro. Tome o café antes que esfrie. Mas veja, caiu nas redes de Rufino como um patinho. Porque precisa do calor humano. Todo o mundo precisa, eu também preciso, por isso eu estou servindo este café e conversando com você. Meu Deus, eu precisava ouvir a minha voz. Está bom o café? Como eu ia dizendo, você salvou Rufino e Rufino revelou coisas importantes para você. Agora, o que é que você mais desejaria?

– O retrato de Zaida.

– Você conhece Zaida?

– Não, mas ouvi dizer que o pintor pinta retratos e eu queria ver como é.

– Num retrato a pessoa fica escondida. Se o pintor é bom, a máscara revela coisas que estão muito atrás da própria realidade. Se o pintor não é bom, a máscara é como estas de papelão que você vê no carnaval, piores que as dos mortos, mais mortas que as dos mortos. Meu primo é um pintor medíocre, mas pode ser que ele faça um belo retrato de Zaida, por causa de Rufino. Meu primo ama Rufino. Não esboce este riso infantil. Não é o que você pensa. É mais fluida a relação. É a necessidade que se tem de certas testemunhas, é o hábito de uma respiração ao nosso lado, quando se tem consciência da solidão. Você não sabe o que é isso! Meu primo precisa de Rufino como do ar que respira, e por isso é capaz de pintar um belo retralo de Zaida, como um dia pintou um belo retrato de Cecília.

– Cecília?

– A esposa dele. Morreu em seguida. Ele ficou supersticioso e pensou que o retrato estivesse implicado naquela morte. Coisas de maluco.

- E se Zaida morrer?

- Você ama Zaida?

- Eu já disse que nem a conheço.

- Não minta, eu não sou boba. Você ficou em pânico quando eu contei que a mulher dele morreu depois de retratada.

- Agora eu tenho que ir.

- Está fugindo?

- Eu estou cansado.

- Então vá.

- Outro dia a gente conversa.

- Eu vejo sempre você chegar, pouco depois da meia-noite. Mas não sabia como você era. Eu estou cansada das pessoas que são como os rebanhos. As mesmas necessidades, as mesmas ânsias, os mesmos desejos, a mesma fácil voracidade.

- Eu não sei de que você está falando.

- Não importa. Eu sei o que você é, e vou saber mais. Eu não pensei que voltasse a encontrar alguém vivo nesta casa, depois de Raimundo. Agora tem você.

34

Daniel passou para o pátio, sem palavra. Alcançou o pavilhão. Entrou sem ruído. Rufino ressonava, vestido, jogado sobre uma poltrona de forro rasgado, deixando ver as entranhas de lã encardida. Daniel foi tirando a roupa, com a cautela de um bailarino chinês que se despisse. A voz de Rufino, de repente, arrastou um arrepio por sua pele:

– É você? (Rufino não abriu os olhos, apenas falou como um sonâmbulo, arrastado e triste.) Daniel respondeu timidamente:

– Estou chegando.

– Eu sei. Não dormi... esperando.

– Por que não dormiu?

– Preocupado. Onde você andou?

– Por aí. Conheci uma moça e fiquei conversando.

– Uma moça?

- É. .. Depois caminhei pelas ruas. Nunca tinha visto o dia nascer.

- Ah...

- Agora vou dormir um pouco. Você me acorda às dez?

- Pensei que você tivesse fugido.

- Por quê?

- Sei lá.

- Conversei com dona Inês.

- Quando?

- Agora. Ela é muito simpática. Ela falou do pintor. Eu gostaria tanto de ver ele pintando.

- Impossível.

- Eu sei. Dona Inês falou de um retrato que ele pintou, de sua mulher. Depois ela morreu.

- Coincidência.

- Eu queria muito ver um retrato pintado por ele. É a coisa que eu mais queria neste mundo.

- Eu poderia conseguir isto, mas você está fugindo.

- Só por causa desta noite?

- E não?

- Um passeio à toa. Uma vontade de não dormir, uma vez na vida.

- Você quer um retrato?

- Quero ver o pintor pintando um retrato. Você acha que conseguiria?

- Acho que consigo, se isto o faz feliz...

Daniel não respondeu, os olhos caíram sob o peso do sono.

Rufino só então abriu os olhos para contemplar aquele corpo inerte. Poderia pedir ao pintor o retrato de Zaida. Era o único retrato possível para ele. Mas Zaida não podia saber que ele pedira isso. Jamais. Zaida não significava mais nada em sua vida. Rufino murmurou como num gemido sofrido: "O retrato, o retrato... o retrato de Zaida". Era inevitável. Com isso prenderia Daniel. Depois descobriria outras coisas que ele desejasse muito, e iria arrancando do tempo as coisas imantadas. Até a hora da morte, de um ou de outro. Daniel tinha que permanecer ali. Se o retrato o mantivesse por dois meses, seria bom. Pediria ao pintor que demorasse na pintura desse retrato. Depois, se Daniel se aborrecesse do retrato, descobriria outra fonte de interesse. Rufino suspirou fundo, os olhos úmidos daquele esforço, daquela vigília na qual seu coração era como um tambor irreprimido, dominando a insignificância de um corpo deformado. Pediria o retrato, assim que o pintor acordasse, ele trataria disso. Antes que Daniel saísse de novo, já teria a promessa. Zaida serviria ainda para alguma coisa.

35

Rufino não conseguiu dormir. Levantou-se e foi até a cozinha, onde Inês preparava com indiferença o café do pintor. Rufino aproximou-se silencioso e ficou um tempo observando Inês, sem ser visto. A figura magra e frágil transitava com segurança e natural elegância, dispondo a toalha branca, as xícaras e o pão moreno. Quando acendia o gás de uma das bocas do fogão para aquecer o leite, Inês viu Rufino:

- Rufino, é você?

- Estava vendo como você trabalha...

Rufino avançou num tremor, como criança apanhada em falta.

- Isso? Ora, uma brincadeira...

- Você me dá um café?

- Não vai esperar meu primo?

- Hoje não. Estou com fome e cansado.

- Dormiu mal?

- Quase não dormi.

- Quando você precisar, eu tenho remédio contra a insônia.

- O que foi que Daniel conversou com você?

- Simpático, o jovem. Ele quer um retrato... Estranha obsessão, não?

- Sim.

- Ainda mais em se tratando de uma pessoa simples como ele. Quer absolutamente ver meu primo pintar um retrato. Onde é que você o encontrou?

- No balcão de um botequim.

- Mas já deve ter mudado muito. Estas inquietações...

- Mudou mesmo. Por culpa minha.

- Nós fatalmente marcamos as almas simples. Somos uns monstros.

- Ele está feliz.

- Eu acho que ele começa a ser infeliz. Mas vale a pena.

- Você acha que vale a pena isso?

- Você se conformaria em apenas respirar, sem ambições?

- Nunca.

- Pois este inconformismo gera a infelicidade, a cada passo. É isso que Daniel está descobrindo.

- Ele quer um retrato.

- Você deve estar achando tão estranho quanto eu.

- Eu prometi conseguir o retrato.

- Você está com medo?

- Medo?

- De perdê-lo...

- Talvez.

- Meu primo atenderá ao seu pedido. Ele também tem medo de perder você.

– Quero que o retrato demore.

– Isto também será fácil. Quanto mais o retrato demorar mais você fica pendente do trabalho dele e é isto que o meu primo mais quer na vida. A pintura dele, sem você, não tem sentido. Eu não sei se Deus suportaria uma criação sem testemunhas... sem o homem que recria e se rebela diariamente contra o que é criado e o conceito do que foi criado.

– É isso... ele vai demorar. Vai demorar para me prender, e demorando eu mantenho Daniel. Enquanto estou preso ao pintor, Daniel está preso a mim. É uma corrente.

– Perfeita.

– Mas eu não posso falar com Zaida.

– Eu trato disso.

– Você faz isso para mim?

– Evidente. Não custa nada. Tome o café.

Rufino, revigorado por aquela conversa, sentou-se na banqueta alta que o colocava à altura da mesa e sorveu a largos goles o café quente e recém-servido. Foi quando o pintor chegou, sem palavra, e sentou-se ao seu lado. Inês se afastou para o jardim, colhendo umas margaridas para o vaso da sala. Rufino falou:

– Acordou cedo.

– Todos os dias a mesma coisa. Acordar, pintar, dormir. Acordo cada dia mais cedo. Tenho medo, de repente, de ter o tempo e não saber o que fazer com ele, porque cada dia eu tenho mais tempo.

– Queria pedir uma coisa.

– Sim?

– Queria o retrato de Zaida.

- Você tinha desistido.

- Voltei a querer. Não é para mim, mas queria analisar Zaida ainda uma vez.

- De acordo, quando podemos começar?

- Quando Inês combinar com ela.

- Inês?

- Zaida não pode saber que o retrato está sendo feito a pedido meu. Eu a odeio. Gostaria que ela morresse.

- Depois de retratada?

- Não importa quando. Mas eu gostaria de saber que ela está morta.

- Fale com Inês...

Uma força nova inundou o pintor. Sentiu que tinha outra vez Rufino na palma da mão. Não entendia que, por ódio, ele quisesse o retrato de seu antigo ídolo. Mas não importava, o que interessava é que Rufino desejasse aquilo. Antes de voltar para a sala de trabalho, ainda perguntou:

- Você tem certeza de que quer o retrato de Zaida?

- Absoluta.

- Mas quer muito este retrato?

- Como jamais quis alguma coisa em minha vida. Tanto quanto desejo a morte de Zaida.

- Combinado.

36

Rufino encontrou Inês na cadeira preguiçosa, concentrada na leitura de um livro. O ruído de gravetos quebrados, sob o passo cauteloso do anão, fez com que Inês erguesse os olhos. Inês deixou pender o livro que a interessava como um conto de fadas quando era menina. Agora era um conto de fadas para adulto, pensara ela tantas vezes ao virar aquelas páginas. Estaria certo? Ela assim, já velha, acompanhando aquela incrível história de amor e vingança, como nos velhos folhetins. Era o mesmo interesse que, às vezes, a levava a acompanhar capítulos das novelas de televisão. Mas na televisão vinha o choque da realidade, e de repente o enfoque de uma fuga de refugiados do Camboja deixava ridícula a aflição dos personagens daquelas falsas histórias de amor que intentavam imitar a vida. Mas Inês observava a reação das pessoas mais simples, estas que ficam o dia inteiro comprometidas com as lides caseiras, ou mesmo os homens que gastam o dia roçando os balcões das companhias de seguro e dos bancos, estas pessoas se deixavam carregar pelas cenas sentimentais das novelas. É a forma de elas consumirem sua ração de ilusão, pensava ela. "Como eu, agora, ao ler este romance." O romance ficou entreaberto diante do silêncio de Rufino. Logo ele falou: "Eu queria lembrar aquele favor". Referia-se à interferência de Inês junto a Zaida, de forma a que Rufino não aparecesse na história. Zaida não teria a sutileza de adivinhar que ele estava por trás de tudo, e que só por ele Zaida conseguiria o retrato. O que Rufino não sabia é que Zaida, muito antes, movida e amadurecida por aquele desejo estranho de se ver retratada, imaginara vagamente a importância da interferência de Rufino naquela história, ao exigir de Daniel a execução do retrato, em troca de uma nova vida entre os dois. Rufino preservava assim unicamente o seu orgulho. Depois de explicar que Inês não deveria falar nele, em nenhum momento de seu encontro com Zaida, Rufino insistiu:

– Quando você vai?

– Daqui a pouco.

– Não sei como lhe agradecer.

Inês baixou os olhos e olhou a página do livro sem ler. Era a primeira vez que Rufino se humanizava diante dela. Sempre imaginara que ele fosse como os brinquedos de corda, frio e mecânico. De repente, iluminando aquela última frase, notara uma luz angustiada em seu olhar oleoso. Inês cortou a emoção:

– Parece que vai chover.

– Está nublado.

– E Daniel?

– Está dormindo.

– Vai ficar feliz quando souber.

– Vai. É uma pena que só Zaida possa ser o modelo deste retrato. Nós somos tão poucos.

– Cada vez somos menos. A mim meu primo não pintaria. Eu não o deixaria em paz. Meu olhar o perturba, como se eu soubesse coisas sobre ele. Coisas que ele deseja ocultar e que o meu silêncio levanta como um bando de patos selvagens ao amanhecer.

– Por que será?

– Não sei. Só sei que ele não pintaria o meu retrato. Como não pintaria o teu. Ele não consentiria em ser teu espelho, Rufino. Ele tem medo de se perder através da imagem reproduzida. Ele é um mau retratista, a não ser quando ama.

– Só resta Zaida.

– Que você inventou...

– Que eu inventei. Eu a amava.

– Não importa. Ela existe agora, para sempre. Teu ódio não desfigura a memória de Zaida.

– Você me assusta, Inês.

– É a verdade. Agora Zaida vai entrar triunfalmente nesta casa, bela, jovem, saudável, inconsequente. Por tua causa. Eu temo que nossos fantasmas não resistam. Estamos partilhando comodamente esta sombra toda, este mar de sombra, há tanto tempo.

Rufino sussurrou: "Eu preciso prender Daniel". Rufino queria sair daquele concílio de sombras. Zaida tinha sido a sua primeira âncora. Zaida tão saudável quanto Daniel. Rufino erguia-se assim, pelo amor, à altura dos seres normais, fisicamente normais pelo menos. Rufino levou um choque quando Inês declarou, com aquela sua frontalidade decisiva, que ele não sabia amar. Ele não consentia que o objeto amado se movesse, respirasse fora, mesmo por um momento. Ele não dava espaço para a pessoa amada mover-se, pensar que estava livre. Ele apertava o cerco.

– Eu preciso de Daniel.

– Você tem a paixão, mas não tem as armas da paixão.

– Eu nunca toquei nele.

– Não se defenda. Não é isso. Eu não estou pensando isso.

– Nem pode pensar. Ele é como um filho, eu o quero assim... eu nunca tive um amigo que permanecesse. Eu não posso ficar sozinho, não tenho forças, minhas pernas são frágeis. Eu preciso de quem me acompanhe cada dia. Ele me dá a mão e eu me sinto forte. Ele sabe disso. Você entende, Inês?

– Entendo. Mas não garanto que isso seja fundamental para Daniel.

– Vá falar com Zaida.

Inês não respondeu, voltou ao livro. Rufino entendeu que ela iria pouco depois. O sol roçava o rosto de Inês com as sombras e a aragem. Ela não podia perder aquele momento, porque estas coisas é que lhe davam a sensação de estar viva.

Rufino voltou as costas para Inês, um fulgor nos olhos. Dirigiu-se, em seu passo curto e desequilibrado, até o pavilhão para esperar as dez horas e despertar Daniel. Então contaria sobre o retrato de Zaida, e Daniel não o abandonaria. Por enquanto, pelo menos. E isto era tudo para ele, naquele momento.